陈徒手 著

故国人民有所思

1949年后
知识分子思想改造侧影

生活·讀書·新知 三联书店

Copyright © 2013 by SDX Joint Publishing Company.
All Rights Reserved.

本作品版权由生活・读书・新知三联书店所有。
未经许可，不得翻印。

图书在版编目（CIP）数据

故国人民有所思：1949年后知识分子思想改造侧影/陈徒手著.
－北京：生活·读书·新知三联书店，2013.5 （2024.8重印）

ISBN 978-7-108-04358-0

Ⅰ.①故⋯ Ⅱ.①陈⋯ Ⅲ.①知识分子－生平事迹－中国－当代 Ⅳ.① K825.4

中国版本图书馆 CIP 数据核字 (2012) 第 278854 号

责任编辑	郑　勇　唐明星
装帧设计	康　健
责任印制	董　欢
出版发行	生活・讀書・新知 三联书店
	（北京市东城区美术馆东街22号）
邮　　编	100010
网　　址	www.sdxjpc.com
经　　销	新华书店
印　　刷	三河市天润建兴印务有限公司
版　　次	2013年5月北京第1版
	2024年8月北京第18次印刷
开　　本	635毫米×965毫米 1/16 印张15.25
字　　数	180千字
印　　数	143,001－153,000册
定　　价	32.00元

（印装查询：01064002715；邮购查询：01084010542）

目 录

序　言　邵燕祥　　1

俞平伯：1954 年的抵制和转弯　　16
马寅初在北大的苦涩旧事　　30
陈垣校长入党前后波澜　　58
冯友兰：哲学斗争的个人挣扎史　　80
汤用彤：五十年代的思想病　　110
贺麟：转型时代的落魄和转机　　128
周培源：坚辞背后的酸辛诉说　　140
傅鹰：中右标兵的悲情　　152
文件中的王瑶　　178
蔡旭：大跃进"小麦王"的苦恼　　196
冯定：大批判困局中的棋子　　212

后　记　　238

序 言

邵燕祥

没有真相就没有历史。这本书在20世纪50年代初至60年代中（即所谓无产阶级文化大革命发动之前）的历史背景下，写了11位有代表性的全国一流教授、学者、专家的生存处境。其中除任职北京农业大学的蔡旭和北京师范大学的陈垣两先生外，俞平伯、王瑶、傅鹰、贺麟、马寅初、汤用彤、冯友兰、冯定几位先生都是北京大学这个"天子脚下"的台风眼里人。按照毛泽东的习惯说法，他们都是"头面人物"，故他们的经历有相当的代表性。尤其难得的是，虽然事隔五六十年，却非道听途说，乃是根据当时官方材料的记录。姑不论对相关情况的表述（包括当事人的一句玩笑半句牢骚）因来自巨细无遗的层层报告，而是否或有失真之处；至少其中对人、对事的判断、定性以及处理意见等等，的确见出各级党委当时当地的真实立场和态度。由此复原的旧日景观，便不同于"往事如烟""流年碎影"一类个人记忆，而具有了历史化石的意味。史贵存真，这是我们可以据以回顾那一段岁月，并从中得出相对接近真相的认知的前提。

没有细节就没有历史。各个年龄段的读者，多半知道在20世纪后半叶，中国大陆普遍流行"知识分子改造"一说，但具体的经过，怎样从各高校发轫，往往就不得其详了。我们一般的小知识分子，当时不在高校的，也只是在1952年前后一段时间里，从《人民日报》上不断读到全国有影响的知名教授、学者、专家或长或短的自我批判自我贬损，就他们与帝国主义特别是美国的关系和各人的资产阶级学术思想，承认前半生走的是错误道路，表示今后要服从共产党领导，彻底改造思想云云。那是在建立新的全国政权之初，伴随着"三大运动"（抗美援朝、土地改革、镇压反革命），借助于朝鲜战争和随后国内针对资产阶级的"三反""五反"运动大张旗鼓之势，首先在国家机关和高等院校发起以清理组织为目的的"忠诚老实学习"，对人们的家庭出身、阶级成分、社会政治关系，以及个人和亲友的经历和政治面貌进行了一次普查，记录在案；与此同时，把知识分子改造问题提上议事日程。在高校，是在校党委或加上工作队领导下，经过"左、中、右"排队，选出重点，发动学生向重点人物提问，形成围攻，要求他们在小会大会上反复检讨交代，最后始得在群众大会上"过关"，甚至还不得过关。当时使用了从延安带来的政治熟语，如"脱裤子"、"割尾巴"之类，这叫"洗热水澡"，非重点人物也要"洗温水澡"。总之，必欲达到整风报告中说的打掉知识分子架子的目的，也就是大大伤害这些人的自尊心而后已。

然后大范围的全国性高校院系调整，既是对苏联教育体制"一边倒"的照搬，也是对原有高教系统的大拆大卸，以体现改天换地的革命性，如将某些课程、某些系别指为资产阶级性质加以取缔，独尊"一声炮响"送来的"马克思列宁主义"；同时也是对教学人员的又一次排队和筛选。

院系经过调整，各类教学人员，特别是大大折腾了一番的高级知识分子，此时喘息甫定，可以趁着国民经济恢复和基本好转，即将开始五年计划建设的大好形势，而安下心来，好好从事教学和研究了吧？

否。1953—1954年，这是中国当代史上一道坎儿。国际国内形势中某些因素激发了毛泽东终止新民主主义进程、开始向社会主义过渡的灵感。在意识形态领域高调提出向资产阶级唯心主义斗争，从那时起，"（资产阶级）唯心论"成为教育界、学术界以至整个知识界最流行的一顶思想政治帽子，尽管还算是比较小、比较轻的帽子。于是，上有不断革命论思维定式的倡导，下有各类积极分子高举"改造"大旗对知识分子首先是高级知识分子的歧视和蔑视，打击和追击，高校校园从此无宁日矣。

这本以大量细节组成的书，其叙事大体上就从这时开始。不管是叫"思想运动"、"思想斗争"、"思想批判"，总之是以知识分子为靶子，而最后经过反右派斗争、社会主义教育"四清"运动，通往史无前例的"文化大革命"。

大家不要以为"右派分子"这类恶名是1957年反右派斗争以后才用作政治分类标签的。其实早在数年前党内就已在进行政治态度摸底排队时习以为常。1953年北京高校党委统战部半年工作计划中，涉及高校内民主党派工作时，就有"帮助一部分右派分子如冯友兰等检讨批判，帮助我党团结改造他们"。不过，冯友兰后来长期定位为"力争表现进步的中右分子"，在打击面较大的反右派斗争中，也没戴右派分子的帽子。据说，20世纪五六十年代北大教授中的中右分子和"没有戴帽子的右派分子"，约占全体教授的三分之一强；而1959年教育部明确规定"政治态度划为中右的，或虽划为中中，但表现一般或倾向落后的教师，一般地不考虑提升职务"。不过，这里涉及的几位教授，都是1949年前"旧社会过来的""旧教授"，有的且是一级，不待提升了。

不过，这些规定、布置、执行都是暗箱作业，从不告诉当事人的。

在既定政策下，具体由学校党委掌控，各系总支、支部的党团员操作。在这些忠诚于党的事业的年轻的积极分子眼中，所有被称为旧教授的人，都是一脑子资产阶级思想，是革命改造的对象；甚至是"知识骗子"，一无所长，一无可用，混饭吃的货色。1954年高教部、教育部到北大检查统战工作，北大党委有人这样说道他们的党外校长："马寅初过去是研究资产阶级经济学的，真才实学究竟如何，目前北大尚摸不清。"校一级决策层是这样认识，经济系党组织认定马校长是牢固站在资产阶级立场，而"知识少得可怜"的人，也就毫不奇怪。高龄的马寅初陪同新任校党委书记陆平到十三陵水库，高一脚低一脚来看望大家时，有的学生感动，喊了一句"向马老致敬，做马老的好学生"，竟被人当作异动上报。学生越是欢迎谁，越是帮老师的倒忙，例如有的学生私下说，能学到某某教授学问的十分之一就好了，虽不无夸张，但总是好学的表现吧，这却成了老师引学生走"白专道路"，与党争夺青年一代的罪名。

由于认定知识分子以知识为资本，所以要剥夺他们的资本，就须贬低他们知识的价值。康生在中宣部一次会议上，张口就对一大批教授的学术全盘否定："不要迷信那些人，像北大的游国恩、王瑶，那些人没什么实学，都是搞版本的，实际上不过是文字游戏。""我把这种事当作是业余的消遣，疲劳后的休息，找几本书对一对，谁都可以干。王瑶他们并没有分清什么是糟粕，什么是精华。"这种信口开河，一经当作领导指示下达，自然助长了党委、总支、支部里反教授的气焰。

1958年7月，康生参观北京高校跃进展览会，发表意见说，农业大学学生应该做到亩产小麦三千斤，达不到就不能毕业。教授级别也应该这样评，亩产五千斤的一级，四千斤的二级，一千斤的五级。农学系主任、小麦育种专家蔡旭在所谓大放卫星的浮夸风中坚持实事求是，不肯见风使舵顺竿爬，康生特别点了他的名，施加压力说："现在农民对农业学校将了一军，农民亩产五千斤，农大赶不上，就坐不住。蔡旭不变，教授就不好当了。"

不但对文科，对农科，似乎可以任意说三道四，即使对自然科学，对像傅鹰这样的物理化学、无机化学专家的学问，也敢轻易抹杀。如化学系总支在对傅鹰搞了多年政治、业务"拉锯战"后，竟在一个书面总结中，指斥傅鹰的"高深理论"，"只不过是些脱离生产实际的抽象的数学公式和空洞的概念，根本不是我们无产阶级所需要的"。

北大党委1958年把傅鹰、游国恩等列入"不服输，依然翘尾巴，须严打"之列。"继续烧他们，把他们的尾巴烧得夹起来，特别是要剥夺他们在群众中的思想影响"。这完全是对敌斗争式的部署，却产生在所谓"双反"即反浪费、反保守的"小"运动中。原来这个"双反"运动是配合中共中央提出的"多快好省地建设社会主义的总路线"的，一直充当反面教员的老教授们，于是又成了"少慢差费"的代表。为大跃进揭开序幕的中共八大二次会议就在这年5月召开，在会上毛泽东号召破除迷信，解放思想，不怕教授；也有人提出"要把教授的名声搞臭"。全国高校学生起来批判老师，这把火就此点起来。中宣部副部长周扬，到全国中文系协作组会议上叫好助威，认为学生向王瑶、游国恩开火，局面打开了，对全国学术界都是一件大事，将写入文学史："保持对立面有好处，像王瑶、游国恩不服气很好，正好继续批判……整风经验证明，经过群众批判，什么问题都能搞深刻。"在这里，周扬跟康生一样，并没有多少新创意，只是在传经学舌，连"保持对立面"云云，也是从毛泽东新写的《工作方法六十条》趸来的。如果追溯得更远，那么毛泽东20世纪40年代在延安整风报告中，批判知识分子在阶级斗争和生产斗争两大知识门类上，是"比较地最无知识的"一语,实在具有"元典"的意义,他后来的名言"唯卑贱者最聪明,高贵者最愚蠢",以及"书读得愈多愈蠢"都是缘此思路而来。

1957年轰轰烈烈的反右派运动之后,1958年中央宣传工作会议乘胜追击,确定进行社会科学理论批判,马寅初就是那时列为重点目标的。中共中央政治局一次听取北大、复旦、科学院汇报,就有中央领导人强调:"两条道路斗争不解决,知识分子不会向党靠拢。"北京市委由此布置"烧教授"的计划,提出要"猛火烧,慢火炖",这已开启了后来"文革"语言中"火烧某某某"以及"烧焦"、"砸烂"(毛泽东并曾称赞邱会作"打而不倒,烧而不焦")的先河。

其时,被视为资产阶级反动派的"右派分子"们,作为属于敌我矛盾的阶级斗争对象已遭打击、孤立,作为属于"人民内部矛盾"一方的广大中间派的知识分子仍被高层认为没有向党靠拢。而这时要开展"两条道路斗争",则对立面显然只能从暂时还属于中间状态的人们中去寻找和确定,前述"中右"和"中中"的"旧教授"自是首选。据说,北京大学在反右派斗争之后,共批判教授、副教授49人,"双反"运动中23人,1958年学术批判中18人,1959年底至1960年初教学检查和编书中16人。附带说一句,北大党委书记、副校长江隆基因反右派斗争期间领导不力,1958年初调离。所谓"领导不力",实指他"钓鱼"不力,在鸣放阶段疏于组织,致使教授、副教授一级"放毒"放得不够,后来其继任者叫各个总支清查重点人物的反动言论,凑不够数,徒呼负负;虽又补划右派若干人,还是深感遗憾,指责江有右的方向错误。至于江校长当时是由于政治上右倾,没有切实贯彻"引蛇出洞"的策略,还是由于"五一九"学生运动风起云涌,顾了学生这头,漏了先生那头,今天就说不清了。

不仅北大如此，北京农业大学全校共有教授55人，而在大跃进后的四年里，沿用反右派斗争的方法，批判了33人，打击面达到60%。这个农大有一件往事，50年代初曾发生"乐天宇事件"。乐天宇是北农大首任党政"一把手"，来自延安的老干部，后来毛泽东写的"九嶷山上白云飞"那首七律《赠友人》，原就是写送这位湖南老乡的。建国伊始，由于乐天宇领导方法简单粗暴，使一位著名遗传学家李竞钧教授不堪重压而去国。这件事在海外华人学者中负面影响不小，中共中央极为重视，毛泽东、周恩来直接过问，将乐天宇调离。这个决定带有"纠左"的性质，但后任几届校领导并未引为鉴戒，对高级知识分子仍多采取高压管控的措施，有的做法甚至比乐天宇还过激。这本书中写到了农学家、小麦育种专家蔡旭的遭遇。他是李竞钧教授去国后接任农学系主任的，却也从一开始就被农大党委看作"和党有距离"的落后分子，借几次思想运动"杀他的学术威风"。他育出良种，使种麦农民大面积增产，有一位书记竟说他"就是碰运气"。加上迷信苏联，有人问，"有了苏联专家，是否还要向旧教授学习？"农学系有一个党员副主任，对党团员说："他们改造起来很难，就是改造了也没什么用。……改造他们又费劲，不如培养新的。"这个"彼可取而代也"，与我们后来在"四清"运动中熟悉的所谓"重新组织阶级队伍"，乃至江青在"文革"中频频强调的"重新组织文艺队伍"的口吻如出一辙。可见极左思潮是渊源有自又绵延不绝的。

这位农学家蔡旭先生在思想政治上遭到不断的批判，在教学与研究上遭到的则不仅是基于幼稚和无知的不理解，而且跟傅鹰先生一样，多有故意的刁难，动辄被停开课，加以封杀，几乎每走一步都很艰难。农科也罢，化学也罢，除了讲授，还要实验，不像文科，似乎略有闪转腾挪的空隙。但文科如王瑶先生他们，不但政治上被人歧视蔑视，而且业务上也被认为"不过如此而已"，尊严扫地，不胜压抑。甚至有一种说法，"文科旧学问越多，对人民危害越大"，虽是出于系里干部、同学之口，却都与威权人士说的"知识越多越反动"，"思想错误的作品，艺术性越高危害越大"等互为注脚，是不容反驳甚至不容辩解的。

今天回首这些笼统称为极左的现象，或被归于路线政策的偏差，或被归于执行者的政治文化素质，对学生一方，更简单地看作是被干部误导盲从罢了。但若仔细想想，尤其是设身处地回到当时语境，就会发现还有深长思之的必要。我们习惯称为极左的路线或政策，都有其深远的根源，而体现在文化领域，其特点是反智、反文化。反智、反文化，必然把反对的矛头指向智力（脑力劳动和它的知识成果）和文化（历代物质和精神劳动成果的统系）的载体——也就是当代的知识人、文化人。以革命相标榜的妄人妄语，轻言"反其道而行之"，"把颠倒的历史颠倒过来"之类，往往以"自我作古"的豪情，掩盖了"否定一切，毁灭一切"的实质（这从后来的"破四旧"看得最清楚）。从制度的（包括政策、路线）和人性的（包括道德、良知）层面深入探讨下去，就不是一句"极左"、一句"无知"可以了得的了。

说到制度，除了国体、政体大制度外，还有具体的像学校里的党委制（全称似是党委领导下的校长负责制），高校中多年建立起来的党委、总支、支部（分别教师和学生）"一竿子插到底"的垂直领导框架，使各系党组织与行政的关系，实际党政不分；在五六十年代各系行政负责人还每每由党外教授担任的时候，党政矛盾的主导方面自然是党总支、党支部。几度倡议改成党总支对行政工作仅起"保证和监督作用"，党支部仅起"保证作用"，都受到党务工作干部的抵制。在高校基层系级中，党组织、党员干部挟权自重，有恃无恐，唯我独"革"，宁"左"毋右，凌驾于系主任等行政领导之上，指挥一切（又往往是瞎指挥），对教师思想、教学工作横加干涉等等，都是那时的常态。几乎从一开始，党团员积极分子，就多是抱着占领旧教育阵地的雄心壮志走上工作岗位的，他们认定原有的教师应由他们代表党和"无产阶级"来加以领导和改造，"团结，教育"是手段，"改造"才是目的，你不好好接受我的"改造"，就是不接受党的领导，就要对你进行斗争——"以斗争求团结"。这些政策公式也确是他们从事校园阶级斗争的出发点。50年代初期，执政党和新政权都处在革命胜利后的上升期，社会上从上到下唯党是尊，高校中党团员的革命意志是与政治优越感共生的。他们格外容易接受从"粪土当年万户侯"到"粪土"校中的"旧教授"，在最初一轮批判老教师的运动中，承上启下，带动刚刚入学的新生们，一起冲锋陷阵，那些老教师、名教授纷纷应声败下阵来。这些党团员所以底气十足，除了组织上有上级党支持鼓励外，思想上则是无保留地信赖党的"政治正确"。当时流行说，马克思列宁主义，是放之四海而皆准的真理，是哲学中的哲学，理论中的理论，高于一切知识和学问，用俗话说就是"一通则百通"，党的领导者就都是这样掌握了一通百通的真理。相形之下，他们又极容易相信那些名教授、老专家、大学者，没有什么了不起，而一般知识分子（自己这样的革命知识分子除外）不过是没有什么真知识的，甚至是"知识骗子"。……这样一批年轻的党团员们，不像时下某些党员干部，为了"走仕途"而做出某些政治选择；他们由党所教导的阶级斗争思维武装起来，将上述若干片面过激的理念"融化在血液中"，参与党委、总支、支部，发挥大小不同的领导作用，都有很大的主观能动性。这样，他们执行上级指示，对极左倾向会自然合拍，往往有所引申发挥，层层加码。有时，上级甚至是高层出于策略考虑，调整政策或放缓步伐时，这些下级竟会不听招呼或阳奉阴违。例如傅鹰是中共中央（或说是毛泽东）树为"中右标兵"的，他们竟无视其中保护的意义，化学系党总支硬是多年坚持认定傅鹰就是右派分子，揪住不放，死打不休，种种施为，几到丧失人性的地步。上级多次关照对冯定的批判要缓和，"不要随便扣修正主义帽子"，有关干部也根本听不进去。总之，有些人对上面比较正确公允的指令，置若罔闻，一有极左的风声，则听了风就是雨，雷厉风行。我们从这本书里，可以看到不止一处这样的例子。当然，如果所谓"天然的极左倾向"再夹杂了争权、争名利、争意气的私心，事情就更复杂了。

当时高校中对高级知识分子和一般知识分子的伤害，应该说是由极左性质的政治运动（包括名为学术批判之类的所谓思想运动）和日常"政治思想工作"互相衔接持续完成的。"政治路线确定之后，干部是决定一切的"，运动中的伤害，以及渗透到每一天，每一课，每项教学任务和大小会议，而使广大教师们动辄得咎、人人自危的处境，都是经由党委系统的得力干部认真贯彻，上下配合，有计划、有组织地营造而成的。

读者也许注意到，本书中11位代表性的主角中，有一位冯定，与其他"旧教授"不同，原是由中央派来加强党对北大学术方面的马列主义领导的老宣教干部。因为党中央认为北大哲学系是资产阶级学者集中的地方，哲学系也正是需要冯定关注的重点。然而，他进入这个险区不久，就开始陷入难以拔脚的泥淖。这个泥淖并不是由什么资产阶级学者、教授布置的。此后十年间使他辗转不得脱身的，恰恰是校党委、中宣部工作队和系党总支构成的百慕大三角，当然，还有最早发动对冯定《平凡的真理》、《共产主义人生观》进行批判,"吹皱一池春水"的中央党校。盘根错节,枝杈横生,本书作者用"棋子"来形容冯定在这盘乱棋上被人摆布的尴尬而悲惨的命运。但幕后究竟是怎么回事,这里没有答案也不可能有答案。起初的一池春水,被搅浑了,如同我们面对若干党史上的案例,不知道到底水有多深。我们只能从书中隐隐约约的笔墨间隙,从事件的外围,试图有所索解。

我们知道,1952年,中宣部管理的《学习》杂志,乘"三反五反"运动胜利进行之势,发表一组文章,探讨中国的民族资产阶级在建国后是否已经不再具有毛泽东当年分析的"两面性"(其革命性的一面使他们有可能参加"新民主主义革命",参加革命胜利后的联合政府,并以其资产作为综合经济基础的组成部分,参与建设)。这一来,引起民族资产阶级人士的恐慌,以为新政权要抛弃他们了。经中央统战部简报反映上来,毛泽东立即批示《学习》杂志检讨,并将时任华东局宣传部副部长冯定刊于上海《解放日报》上的一篇文章,加以修改交《人民日报》转发,冯定此文论民族资产阶级的两面性依然存在(也就是说其作为参与政权之根据的两面性中革命的一面,并未因"三反五反"揭露的事项而消失),全文比较稳妥地重申了原先对民族资产阶级的既定看法。毛泽东的批示,意在将此文当作纠偏,以令资产阶级人士安心,这一效果暂时是达到了(至于一年多以后毛泽东决定立即开始向社会主义过渡,又两年多就宣布对资本主义工商业加以剥夺,那是另外的问题)。事隔不久,华东大区撤销时,冯定被调来北京。但这一事件导致中宣部部长换将,有关人员受到批评,冯本无意打击中宣部,这一结局却又仿佛同冯有关。冯定随后被任命为马列学院(今中央党校前身)分院院长。这个分院专收东南亚等国共产党人学习进修,任务比较单纯。冯定从1932年开始在左翼报刊发表文章,长期在新四军、华中解放区和上海市工作，不属于以马列学院为核心的北方理论圈，加之所在分院是保密单位，书生气十足的冯定交往有限（他的书生气甚至表现为不愿在文章中引用领袖著作的原文）。但他1957年末来到北大这个多种关系矛盾重重的地方，就不容他孑然自处；特别是他1960年被中央党校人士点名质疑以后，北大哲学系党总支首先做出过度反应，组织批判。此后虽有多次从中央传来缓颊的声音，但都语焉不详，力度不大，见此有心保护者也在犹疑观望，揣测更高层的意图。最后也还是传来康生的批评：为什么北大不批判冯定的修正主义思想？中宣部也决定在全国开展批判。冯定所处三角中的各方所关心的是争批判的主动权，冯定成为批判会上的道具，推来搡去的棋子，身心交瘁，不堪其扰了。所以我们从这本书里有关章节，看不到对冯定的"共产主义人生观"和一百多万字著作中什么修正主义的批判进程，却只是巡礼了通过其人其遇反映出来的党内斗争的反复无常，尔虞我诈，不讲理和无原则，以及党内关系中隐现的山头宗派的影子，一切取决于金字塔尖的"上意"的现实。这一切的激烈程度，绝不下于对党外知识分子的"残酷斗争，无情打击"。尤其是到了1966年"文革"以后，上述北大党委、总支、支部一向以领导者、改造者姿态示人的一部分人，也都卷入上下左右内外的混战，形同人们说的"绞肉机"。不仅北大，全国高校，概莫能外。以致"文革"前若干年间人们的功罪，早就逸出了人们的视野之外。

　　这本书，让我们重温那段历史。11位教授的命运，反映了中国知识分子的命运，更缩影了中国教育、中国文化的悲剧，也是中国历史悲剧的一幕。郁达夫曾说过这样意思的话：一个民族没有杰出的人物是可悲的，有了杰出的人物而不知爱惜，更是可悲的。我们老是感叹中国没有获得诺贝尔奖项的精英；如果我们的政治文化机制没有从根本上改弦易辙，一旦有了获得诺贝尔奖的精英，岂不也还是难免像他们的前辈一样遭受歧视、打击、践踏、摧残、迫害吗？

2012 年 5 月 15 日于北京

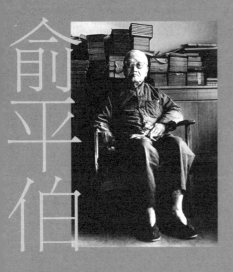

俞平伯

俞平伯，祖籍浙江德清，1900年1月8日生于苏州，其曾祖俞樾是清末著名学者，父俞陛云为探花，因此俞平伯自幼受到古典文化的熏陶。1915年考入北京大学预科，在校期间投身新文化运动。1918年5月他的第一首新诗《春水》和鲁迅的小说《狂人日记》一起刊登在《新青年》上。同年，他与同学傅斯年、罗家伦等人发起成立了新潮社。1921年，加入文学研究会。1923年俞平伯出版《红楼梦辨》，与胡适一同称为"新红学"的奠基人之一。1925年任教于燕京大学，1946年转入北京大学任教授。1953年入北大文学研究所古典文学研究室，将旧著《红楼梦辨》修订后易名《红楼梦研究》出版。1954年毛泽东亲自发动对"俞平伯红楼梦研究"和"胡适反动思想"的全国性政治大批判。据统计，仅1954年10月24日到12月底，共组织各种层次的座谈会、批判会一百一十多次，发表批判文章五百多篇。"文革"中俞平伯去河南息县干校劳动。1986年1月20日，中国社会科学院文学研究所为俞平伯从事学术活动65周年举行庆祝会，中国社科院负责人胡绳在致辞中称1954年对他的政治围攻是不正确的，它伤害了俞平伯，在学术界产生了不良影响。1990年10月15日，俞平伯于北京三里河南沙沟寓所去世。

俞平伯：1954年的抵制和转弯

一

1952年以后，对知识分子的思想改造运动接连兴起，风雨中的运动力度时重时轻，在全国范围内让知识分子在思想领域无处可遁。在这样政治运动的铺垫下，1954年毛泽东又抓住两位年轻人（李希凡、蓝翎）批判俞平伯学术著作的文章发表之契机，随之布置了一场新的思想斗争运动，再一次引发全国知识界的强烈震荡。作为当事人的俞平伯在事发之初表现了什么态度，又是如何在运动之中转弯和解脱，一直为研究者和后人所关注。笔者手头新近有几份当年北京大学文学研究所（即现在中国社科院文学所的前身）党组织对俞平伯观察、评价的内部报告，多少可以看到俞先生在面对突然而至的政治运动所能呈现的不解、愤懑乃至抵制的真实状态，看到他在众人帮助下逐渐承受、平复直至顺从的变化过程，从而使我们感受到早期思想运动可怕的双面性：既摧折了学人的抵抗和非议，又坚决地俘获斗争对象的认同。

俞平伯在运动初期是处于极度震惊之中的，万万没有想到自己能成为一场全国性政治运动的主角。1949年后俞先生较为低调，对事对人不冷不热，只是缄默地关在家中依旧做自己喜欢的古典文学研究。

斗争运动开始后，文学所副所长、党内有影响力的理论家何其芳几次在文字或口头上向高层领导介绍俞的近况，其中就说到在大批判前俞平伯已完成了《红楼梦》前六十回的校勘工作，也就是在各种版本中校订出最好的版本。

俞先生几年间少有一次被人们关注的是在1953年9月第二次文代会上，他应邀上台发言，全力推崇古典文学的研究意义，颇受当时意识形态领域重要人物胡乔木的鼓励，胡一度甚至说俞的发言中没有发现什么错误。据北大文学所党总支汇报称："俞（事后）很得意，名利双收，到处讲演，到处写文章。"

党总支举了一个例子说明俞的骄傲：他在《红楼梦》的校勘工作中，自觉是权威，不同意文学所的组织意见，坚持主张在校勘本中不用新标点符号，后来为此曾写信给胡乔木以寻求支持。

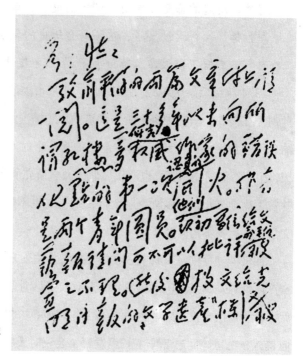

毛泽东《关于红楼梦研究问题的信》手迹

李、蓝文章见报后,俞平伯的抵触情绪是很明显的。文学所党总支所写的《对俞平伯学术思想批判情况的调查》(1954年,月日不具)一文中,汇总了俞先生最初的零星反应和态度:

> 对俞的批判展开以后,俞感到问题严重,情绪很波动,公开抗拒。他说:"他们原来要搞我,搞吧。我不再写文章总行吧。"又说:"我不配研究《红楼梦》,也不配研究古典文学。"
>
> 曾一度闭门谢客,深居简出,甚至不接电话,不参加会议。
>
> 他表现苦闷,安若无事,内心紧张,蔑视,看不起。如说:"他(指李、蓝)说我唯心,我看曹雪芹就是唯心,曹雪芹不比我俞平伯更反封建。"
>
> 他认为李、蓝对《红楼梦》的估价太高了。他说:"《红楼梦》自发表以来并没有起好作用,如果没有色空观念,可能还好些,所起的都是坏作用。""他们说宝、黛二人有煽动性的叛逆性格,捧得太过火了,这不符合历史的现实。"又说:"如果真有,贾宝玉应该参加革命去了。"这不像话。

1954年最后一天(12月31日),北京市委给中央写了一篇有关批判《红楼梦》研究中资产阶级观点的思想情况的报告,其中这样归纳总结了俞平伯的活动近况:"俞平伯有一个时期情绪紧张,表现消极,闭门谢客,不接电话,也不出席北大文学研究所《红楼梦》讨论会,并曾不满地表示,'我不配研究《红楼梦》,也不配研究任何中国古典文学,以后我不再研究了。'"

1955年1月3日市高校党委会编出《关于开展学术讨论,批判资产阶级唯心观点的工作》的动态简报,其中提道:"文学研究所先后举行了六次会议,针对俞平伯在红楼梦研究中的错误思想进行批判,何其芳、毛星等同志都作了长篇发言,会议对大家的教育很大,俞平伯仍然坚持自己的观点。"在众人长时间的围攻之中,俞的不服气和倔强极为显目。

波澜所及,一些老教授暗地里有了一些抵触和不安。如北大历史系教授邓广铭说,现在老教授写文章就是犯罪,我如发表文章就有成为俞平伯的危险。山东大学一学生将批判陈寅恪论韩愈的著作的文章投给《人民日报》,后在《历史研究》刊发,历史学者向达、翦伯赞、季羡林等读后都担心陈寅恪因受刺激而有自杀的可能,翦伯赞直言"会引起很大的波动",向达非常不满地对翦伯赞说:"现在年轻人自己搞不出东西倒来批评别人。"(见1955年1月20日市高校党委简报第53期)

这些报告在中央领导层中传阅,俞平伯不配合的消极态度给高层留下较深的印象,如何谨慎处理俞平伯及一批教授的思想问题而不陷入僵局,高层由此也有所警觉和筹划。

二

运动启动后,对俞平伯负面的汇报始终不断,其中最突出的是他所表露的委屈不平的情绪,如俞说:"权威也不是我自封的,文章也不是我自己要写的,是为了社会的需要,是报纸、杂志要我写的。为了应付他们,才随便写了些文章,接着问题也来了,现在悔之晚矣。"文学所总支分析话语中的潜台词是:"你们把我捧起来,现在又批评我,是有意的打击,我不应该做典型。"

俞再三强调自己所做的多是古籍整理和考证工作,不必用马列主义。他憎恶外界有人说他是"伪装""背进步包袱",他说:"我做整理工作,自觉很仔细,很认真,没有错误。我原来就没有运用马列主义研究，为何要批判？"

权威性一下子被打倒，他的挫折感是很强烈的。他说："三十多年来的研究一场空，学术上被全部否定，一切都空了，再也抬不起头来。"他曾向人说风凉话："这次批判，我的书反而一卖而空，真是塞翁失马，焉知非福？"党总支对此予以评论："这是一种幸灾乐祸的消极抵抗。"据北京市高校党委了解，俞平伯所著的《红楼梦研究》一书在北京市面上已买不到，胡适写的《胡适文存》、《白话文学史》等书籍在旧书摊上均涨价三分之一。

1954年10月全国文协召开座谈会，俞平伯出席并作了检讨，与会者反映其发言态度还算诚恳。但文研所10月28日讨论时，俞平伯却躲避在家中未参加，只是委托好友、同所研究员余冠英在会上转述其大意："我赞成这个运动，并没有误解这是对我个人，而且我要写文章，把我三十多年来研究《红楼梦》的工作总结一下，看看有多少错误。直到现在我对《红楼梦》的正式研究尚未开始，而乱写文章是由于社会需要，现在悔之晚矣。"他对报纸上发表有关胡适与他往来的文章有顾虑，认为这样容易引起误解，以为他有政治问题。（见市高校党委1954年11月11日《讨论红楼梦问题的各校动态》）

俞平伯此时最害怕的是在政治上被否定，怕被人说成是反动的胡适思想的代表人物。因此他几次在会上替自己极力辩解，觉得对自己的批判方向不对头："胡适对我并没有多大影响，与其说胡适对我的影响大，不如说周作人对我的影响更大些。"

俞平伯还私下披露，助手王佩璋所代写的文章，有些看法也并非王佩璋自己的意见，而是胡乔木的意见。

党总支分析说：俞身边的落后分子说了一些挑拨的话，对俞也有不利的影响。如曾参与出版《红楼梦辨》的文怀沙说"这是官报私仇"，而吴同宝（即吴小如——作者注）则披露："党内有名单，准备有计划的打击，第一名就是你。"还有人表示："你拿的稿费太多了，所以要批判。"其实这些言谈都是私人性质，但很快均被单位总支所掌握，可见党组织对俞及其社会面的控制和了解是很全面和有效的。

在1954年底北京市委致中央的《关于北京市高等学校教师对批判红楼梦研究中资产阶级观点的思想情况的报告》中，集中汇报了高校党内外、特别是文史哲教授的最新动态，也首次谈到知识界部分人士对运动的异议和不解：

> 许多教授对目前展开的对俞平伯的批判有不同程度的抵触情绪，或者愤愤不平，或者顾虑重重。开始时有些人对李希凡、蓝翎的文章很轻视，认为李、蓝是"教条"、"扣帽子"、"断章取义"。北大中文系讲师吴同宝说："俞先生看了会一笑置之。"到批判展开后，许多人就紧张起来，感到压力很大，唯恐再来一次"三反"思想改造运动。因此有一部分人，主要是受胡适影响较深的，纷纷表明态度，企图过关。经过解释中央关于学术批判和讨论的方针后，他们这种怕斗争的紧张情绪才基本消除……
>
> 有些人认为斗争得过火，北大教授游国恩说："袁水拍的文章太尖锐了，照袁的说法，《文艺报》就不应该与老头子打交道了。"向达说："现在要提高青年人的气焰，只许说好不许说坏。"汤用彤中风后，北大中文系教授章廷谦说："汤老头子的病还不是批判胡适搞出来的。"有些人表现消极，表示"以后不敢写文章了，写了要挨批评"。有些人不服气地说："都是一边倒，这不叫学术讨论。"……
>
> 有些人惋惜俞平伯"三十年的心血付诸流水"，多方为俞

辩解。北大文学所研究员范宁说："俞平伯从来不谈马列主义，对他没有什么可批判的。"章廷谦说："俞平伯写东西的出发点并不是坏的，就是没有和政治联系起来。"林庚说："俞平伯以前的水平也只能写这些了，李、蓝的文章也有一些小问题。"

俞在九三学社等处的检查虽然认识很差，有些人就赶快为俞开脱，说他检讨得虚心、诚恳，而对其内容则很少深究。

北京市委认为知识界人士的反应以消极敷衍居多，急于与胡适划清界限，多方设法逃避过关，不少人还对俞平伯挨批表示同情的态度。而此时运动积极分子涌现得并不多，高层领导所期待的新生力量即青年教师则心虚、胆怯，没有勇气对教授的一些错误的学术观点提出批评，呈现了相当程度的怯战现象。

从总体来看，学术界当然取积极配合之势，但也显露芜杂、应付之态。系里党员动员北大哲学系主任金岳霖写文章批判胡适，金说："参加参加中文系座谈会算了。"直到11月初，中宣部中层干部于光远打来电话，嘱他发起批判胡适，他才找了汤用彤、冯友兰、邓广铭、石峻等教授开会，仓促地给每人分配题目分头写批判文章。金还在会上表示："俞在政治上与胡不同，要注意，不然会影响团结。"北大历史系主任、党内资深专家翦伯赞认为过去学术界思想水平太低，对青年人确实重视不够，有过偏之处，确有开展批评的必要。翦还说，李、蓝的文章是周总理发现并首先提出来的。（见市高校党委1954年11月11日《讨论红楼梦问题的各校动态》）此说与事实不符，也说明当时上下信息不通、了解有限的政治生态特点。

高校的纷争乱象开始呈现，人人自危，相互牵扯。北师大中文系教授李长之准备写三篇文章，分别是批判俞平伯、胡适和检讨自己。而北师大中文系主任黄药眠却把批判目标对准李长之，认定李长之在

《文学遗产》所发的有关陶渊明的文章有问题。黄布置下属印发李的文章准备讨论，展开斗争。北大中文系教授魏建功感喟道："'三反'是脱胎换骨，这次要刮骨疗毒。"同在北大中文系的教授周祖谟只能拿王佩璋替俞平伯写文章之事作为批判的话题，说俞找别人写文章、署自己的名字是严重的剥削行为，而自己未能很好劝阻，必须做出诚恳的检讨。（见1954年11月11日高校党委简报《讨论红楼梦问题的党内外思想情况》）

三

中共高层很快提出对俞平伯的处理精神，基层党组织总结为十六个字，即"说明政策，解除顾虑，稳定情绪，端正态度"。

首先出马的是中宣部副部长周扬，他在作协学习会上发言说："批判俞平伯先生，当然只是批判他的错误观点，而不是要打倒这个人。他在政治上是拥护人民民主专政，赞成中国走社会主义道路的，在这一点上我们是一致的。"文学所总支认为周扬的适时表态对在场的俞平伯是个很好的安慰，由此党总支又引申了周扬之意，肯定俞先生是为人民服务的，强调胡适则是为帝国主义服务的敌人。

何其芳根据上级的精神发表了《没有批评，就不能前进》一文，在主旨上指出俞的思想和方法受到胡适的影响，但也列举不少事实证明俞在学术研究上有可取之处，譬如证明《红楼梦》后四十回是高鹗所续、后四十回的思想性和艺术性不及前四十回、保存了悲剧的结局等等。党总支征求俞平伯的读后感，俞坦诚地表示，"这篇文章很全面，批评得很中肯，自己颇觉满意。"

俞注意到《文艺报》主编冯雪峰和《文艺报》紧接着也受到报刊

的批评,颇感意外。他说:"现在知道不只是党外有问题,党内也有问题。思想问题不只是一个人的问题。"

俞平伯是九三学社的中央委员,又在文化人居多的沙滩支部过组织生活。九三学社中央主席许德珩是俞的大学同学,他希望对俞多做安慰、鼓励和开导工作,不要产生对立情绪。九三学社沙滩支部为此开了五六次会议,一直对俞表达这样一个意思:批判不会有损失,只要能接受批评,学习了马列主义,对自己会有提高,如掌握了马列主义,今后的研究工作可能会做得更好。

沙滩支部成员王鸿鼎在会上说,苏联有一学者叫瓦尔加,在研究帝国主义的问题上犯了错误,受到批评,后来改正了,他的书获得了列宁奖金。俞平伯听了这个故事,颇为触动,连声说"同意同意"。

据九三学社汇报,沙滩支部中的学者多愿意以现身说法来做启发和开导工作,如孙寿萱主动表态:"我受胡适的影响很深,说明他的危害性很大,应肃清影响。"同是研究古典文学的阴法鲁、廖可兑都说自己有错误,必须学习马列主义,研究工作才能提高。他们还建议俞先生多看看报纸上发表的批判文章,多找人谈谈。

俞平伯对行事和风细雨般的九三学社没有什么抵触,反而觉得有一种久违的亲切感,他最早的检讨书就是在九三学社的学习会上宣读的,而且事先把初稿打印出来,请大家提了许多意见。他说:"在这里我得到帮助很大。我必须投身到运动中去,正视自己的错误,欢迎一切批评,要改造自己。"

就在此时,何其芳向中宣部提议,让领导在适当场合出面,指出所谓俞"垄断学术资料"的言论不实。很快中宣部部长陆定一在中国文联、作协联席会上做长篇报告时插空当众做了解释,等于在这个事实上变相为俞平反澄清。

当时俞平伯对某些批评者的言论颇感不满，有的甚至感到委屈。如觉得人民文学出版社黄肃秋的批评文章多有歪曲事实之处，对周汝昌的批评文字更感不快。俞的好友、北大历史系教授向达为俞说话，认为黄肃秋批评北大图书馆和俞平伯垄断善本书不合事实，说："俞平伯对脂砚斋本不一定是垄断，不愿出借这本书是怕弄脏了。"向达还引列宁的一句话"善本书不外借并不等于垄断"作为佐证，他反批评黄肃秋作风不好，黄曾在北大图书馆借书，把书弄坏。

对此何其芳及文学所总支在研究之后也认为这些批评是"不当的"，"周汝昌本身也很落后，对《红楼梦》的研究有些比俞还坏，很荒谬"。这种组织形式的反驳，颇让困境中的俞平伯感到一些宽慰，对他的情绪稳定也起了重要的作用。

四

在参加一系列批判会后，俞平伯有一天突然主动将自己未发表过的1954年讲稿交给文学所，说是供做批判时的参考。这个举措被文学所领导认定为"有显著的进步，情绪是向上的"。

他开始在原则上承认李、蓝文章是对的，甚至比自己高明。承认自己研究《红楼梦》是立场观点上的错误，认识到马列主义能够解决文学问题。他在文联会上说："我是人民代表，撒播了资产阶级思想，批判以我为典型的资产阶级思想我也赞成。"他在会上感慨，自己过去的一套不行了，非学马列主义不行。

所内好友余冠英向总支反映情况，其中一条颇为惊人："俞说学习马列主义，如饥似渴。"俞平伯还找到文学所支部秘书王积贺，承认自己对学习很不重视，但文学所的领导也抓得不紧，希望今后领导上要督促检查，要组织起来学习文艺理论。有趣的是，俞此时还能展开对别人的批评，对老友王伯祥的《史记》研究提出了一些看法。

过去俞平伯在单位是出了名的自由散漫者，随意性大，一向抱着应付的态度，闲散时就给香港《大公报》等写文章。而此时对所里的工作较前关心，有会必到。在文学所讨论《红楼梦》问题的会议上，他的发言既检讨了自己研究中的错误，又表达了学习马列理论的迫切心情：

> 由于自己没有认识到马列主义理论的重要性，没有根据马列主义的文艺理论去研究文艺作品，因此在文学研究上落后于政治上的进步，资产阶级学术观点在思想上还占统治地位，解放几年来还继续用索隐的精神、考证的面貌来研究学问……
>
> 研究《红楼梦》只是孤立地看问题，没有和产生此部书的社会历史背景联系起来……
>
> "怨而不怒""微言大义"的说法欠妥当，以前只看到书中有怨而没有怒，其实书中是有怒的……
>
> 用马列主义的立场观点、方法来研究《红楼梦》是否不碰壁？如果保证不碰壁，还是欢迎的。（见1954年《俞平伯在文学研究所会议上的发言摘要》）

尽管他在发言中说："《红楼梦》这部伟大的奇书是不可知的"，解释自己"在研究《红楼梦》当中并没有牵强附会的地方"，这些提法让主持者听了不悦，但他发言的主旨还是受到与会者的肯定，并鼓励他畅所欲言，允许他保留自己的意见。

俞平伯在大批判浪潮中完成了《红楼梦》后六十回的整理校勘工作，何其芳阅读后向上汇报说："其校勘工作的结果百分之八十以上可以用，也还有些错误。"俞平伯执意要为《红楼梦》写一序言，要以马列主义的观点说明《红楼梦》的思想性和人民性，并主动请何其芳给予更多的帮助。文学所领导准备予以具体协助，但内部评价觉得此时他写序言在政治上"希望不大"。

俞平伯还想整理研究杜甫、李白的诗，所里就此打算以集体讨论、分工合作的方式来逐步提高他的思想水平，并搭配了政治强的力扬及两个青年助手。总支在党内会议上几次说道："要求俞先生把他的一套彻底改造过来是不可能的，要具有马列主义的气味要有八年十年的时间，因此只能一点一滴地帮助他改造。作为一个经过批判后有显著转变的典型，他仍有用，仍可以做工作，愿意学政治理论是好事，至于能接受多少很难讲。"

党总支和俞平伯本人都承认思想改造的艰苦程度，俞说："这里好像通了，但在那里又碰壁。以前听周扬同志说放弃自己的观点是不容易的，当时不体会，现在确实体会到了。"党总支反复强调的一点是："在学术批判中对自己没有什么损失，丢掉的只是虚假的名誉，而得到的是马列主义。"

在文学所党总支《对俞平伯学术批判情况的调查》一文的最后，引用了何其芳的几句感慨："学术思想批判提高了大家的思想水平，所的工作也好做了。过去开会，我发愁，没人讲话，现在大家都积极发言。"更让他没想到的是，向来寡言的俞先生在大批判之后也变得爱唠叨，说得条理格外分明，竭力靠近政治主题，说话时的态度又是那么诚恳和老实。

马寅初

马寅初,浙江省绍兴县人。1882年6月24日出生于绍兴一个酒坊主家庭。1901年入北洋大学堂学习。1907年保送赴美国留学,1914年获哥伦比亚大学经济学博士学位。1916年任北京大学经济系教授兼系主任,1919年出任北大首任教务长。1927年后任南京国民政府立法院经济委员会委员长。因批评国民党政府,先后被关进息烽集中营、上饶集中营,后被软禁在重庆家中。1948年当选第一届中央研究院院士。1949年后,出任政务院财政经济委员会副主任、华东军政委员会副主任。1950年任浙江大学校长。1951年任北京大学校长。1957年6月在第一届全国人民代表大会第四次会议上,提出《新人口理论》,后屡遭批判。1960年1月4日辞去北大校长职务,居家赋闲。1979年7月获平反,9月任北京大学名誉校长。1980年出任全国人大常委会常委及中国人口学会名誉会长。1982年5月10日病逝,享年99岁。

马寅初在北大的苦涩旧事

一

20世纪50年代初期马寅初就任北京大学校长时,中共曾经高调宣传此事,当年在知识界影响很大。但是,作为一校之长,除了表面应酬风光之外,马寅初的内部工作状况确实比较低调、隐性,外界所知不多。

1953年4月北京市高校党委统战部曾派员到北大访问,马寅初比较倚重的总务长文重反映说:"目前在汤(用彤)副校长的工作上没什么问题,能够有职有权,汤本人也很积极。主要是马校长的问题,马管的事情比较少。现在还是不能很好发挥马的作用,他自己也觉得'不知怎么办好'。"

文重讲了这么一个事情:有一次马寅初从上海返京,心事重重地进了办公室,对工作人员说:"有什么事你们可得告诉我,(别)像交通部有一校长(指黄逸峰)一样,许多事情下边做了,他还不知道,现在犯了错误,要撤职。"(见1953年4月20日市高校党委统战部《各校上层统战工作情况》)怕因不知情被撤职,有畏怯之情,这对一向认真负责的马寅初来说是一个自然流露,给统战部来人留下很深的印象。

1954年春季,马寅初当选全国人大常委,他以此为由再加上"要搞科学研究",向高教部提出辞去北大校长一职。经高教部、北大出面挽留,未再坚持。据北大党委观察,在这一时期,马寅初除了参加各种重要会议外,主要精力是用于研究经济方面的资料及展开政治经济学研究。他曾指着自己过去的著作对秘书姜明(党员)说:"这些书都是我解放前写的,解放后一本书也没写过,简直成了政客了。""听说周总理曾对周培源说,'你不必做教务长了,可以专门搞科学研究。'我也要搞经济研究工作了。"

"辞职"一词成了马寅初一时言语之重,成了他腾挪躲闪的工具之一。他很欣赏苏共中央马林科夫在辞职报告中提到的一条辞职原因,就是所谓的"不能胜任职务",他对人说:"这也是我辞职的理由。"谈到兴致之处,他还会说:"做校长的不能只讲大话,可以让教务长

1951年,马寅初在就任北大校长典礼上发言

上来做做校长,或者让陈岱孙(北大经济系主任)来做校长,我去做做系主任。这样轮流来做,上下也通气。"(见1955年3月22日《高等学校动态简报》第74期《北大校长马寅初最近的一些思想情况》)

1954年11月17日马寅初突然收到一封匿名信,信中只装有一颗氢气弹,他马上交给党委。校党委分析说,可能系以此恐吓马寅初,令其辞去北大校长职务,或在北大进行破坏。

1956年11月21日,在国家专家局任负责职务之一的民主人士雷洁琼召集会议收集教授对高等教育的意见,事后她整理出一份座谈纪要上报。其中马寅初所提的意见最为显目,他感喟自己有职无权,只是一个"点头校长",在事先不知情的情况下,上级突然委派新的经济系主任,这让自认与经济系有渊源的他心中大为不快。他个人借重总务长文重,靠他把握一些行政事务。但校党委借机把文重调任化学系副主任,让他有失去左臂右膀的感叹,对此举深为不满。他说:"因为党内事先都商量好了,再问我我也不得不同意。"

有意味的是,马寅初曾写过一篇名为《资本主义工商业改造》的文章,审稿人认为文章的观点有些问题,不合中央的一些条条框框,就没有同意发在北大学报创刊号上。他又接着写《洗冷水澡的经验》,结果照样也没有刊发在学报上。作为校长,马寅初内心多少有些丢颜面的失落、无奈之感。

在三四十年代,马寅初在经济学界的学术位置是显赫的,连蒋介石都因他的影响力而有所忌惮。1949年后马寅初纯粹的学术研究有所停滞,原本通过学识点评时政的做法也大大收敛,他的老一套经济学观点渐渐不被看重,学术威望不由地降到低点,人们只是习惯地看到他不停地在诸多政治问题上应景表态。难怪到了1954年3月,高教部、教育部到北大、清华、北师大三校检查非党行政人员的统战工作，对于马校长是否具备学问，北大党委有人竟然说了这样的话语来表达疑问："马寅初过去是研究资产阶级经济学的，真才实学究竟如何，目前北大尚摸不清。"（见1954年3月24日《北大、清华、师大三校重点检查统战工作简报》）

到了1958年"双反"运动时，北大及经济系党组织挑中马寅初为经济界批判重点人物，学术思想批判小组里自称"青年战斗员"的年轻人依靠集体力量，分工阅读马寅初的著作与讲义，准备日后与马面对面进行讨论和批判。结果，青年人阅读之后大大地壮胆，发现原来被人们看作是"庞然大物"的马寅初不过是一个牢固地站在资产阶级立场、"知识少得可怜"的人，便觉得可以鼓起勇气向马及其别的权威教授开起火来。北大党委当年的批判报告中一涉及马寅初，就时常充斥着这种嘲讽、不屑的语气，对学术出身的本校校长的学识如此不敬在北大史上也属罕见。

后来连中共高层人士也在公开场合表达了对马寅初的轻视态度，康生1958年6月5日在政治理论教育工作会议上就轻易地说道："马寅初的理论无非就是团团转，还把北大弄得团团转。"他以山东俗话"人手"来反驳马寅初的"人口论"，因为"牛马狗都有口，但没有手，只有人才有手"。他由此推论说："马寅初只见口，不见手，这根本上就是错误的。"

二

1954年、1955年只要见到中央部门来人，马寅初都会说："如果没有江隆基同志，我办不了北大，这是老老实实的话。"康生据此还表扬马寅初，认为马如此肯定江，就是第一个为党说好话的人。江隆基是20年代加入中共的老资格干部,曾在老解放区长期负责教育工作。1952年10月由中央调派到院系调整后的新北大,出任党委书记兼副校长,他的行政级别与市委一些领导相近。

江隆基一上任,就赶上北大从城内搬往城外燕京大学旧址,燕京原有家当不够用,新建筑又迟迟不能完工,上级又迫切希望在当年12月初开课。在这期间又频繁遇到一系列的突击任务,如俄文速成学习、全校的调查研究、中苏友好月、工资调整、大规模采用苏联教材等,把江隆基弄得疲惫不堪。他在1953年4月15日致市委的报告中写道:"由于北大在院系调整之后差不多等于一个新成立的学校,各方面的准备都很不充分,这就使我们的工作完全处于被动状态……来校之后又因学校行政机构不大健全,大小事情都逼在眼前不能不管,再加我的工作作风有官僚主义,联系群众与深入实际不够,因而形成上学期的忙乱现象。"

在这份工作汇报中,江隆基还表示,整个北大党的力量偏弱,校务方面的领导干部大都是民主教授和留有职员。他写道:"这些民主教授一般说来工作热情是有的,但政治性和思想性很差,领导方法和工作方法还是老一套,所以在工作上起的作用不大。"至于党员领导骨干的实际领导能力,江隆基也流露不得力的感喟:"除我一人是老干部外,其余全是解放战争中入党的新干部,他们的优点是积极热情、和群众有联系,缺点是缺乏工作经验、缺乏政治锻炼和政策思想,他们在过去搞学生运动时是有办法的,但在今天要领导教学和行政工作,就感到很生疏。正因为如此,所以全校不易形成一个坚强的党的领导核心,工作上顾此失彼,漏洞很多。"(见1953年4月15日江隆基致市高校党委并市委《关于北京大学现存问题的报告》)

1953年初在期末总结工作会上,不少人给江隆基提意见,主要认为江联系群众不够，群众不易接近。副校长汤用彤以较为客气的口吻说："江副校长有知识分子味。"副教务长侯仁之说："到校长办公室找汤老，不考虑就进去了，但要找江副校长就要想一想。"江在会上也作了检讨，但事后似乎收效不大。

江隆基手忙脚乱，马寅初却颇为悠闲。江隆基对行政机构不敢倚靠，主要是出于政治上的恐慌和不信任。他认定，新北大的行政机构是以原燕京大学的行政机构为基础建立起来的，而原燕大的行政机构在帝国主义分子的长期麻醉与奴役之下是十分腐朽的，在工作上起的作用不大。而行政领导岗位上多是民主教授和一些旧留用人员，政治上不太可靠。

1954年3月高教部下来调查，听取北大工作汇报。事后高教部形成一个检查报告，内中称："北京大学在和马寅初、汤用彤等的合作上基本做到尊重其职权，校内一切公事都经过马寅初批阅，大事情都和他商量，做了的工作都向他汇报。在他出国的时候，江校长每月亲笔向他报告工作。"所述的多是某一小段时间的事实，但实际上数年内并不如此所为，这只能视之为官场惯常、应付的书面表达方式。

真正的内情通过一个细节可以窥探到：马寅初不大管（或不能管）教学上的大事，却对校内清洁卫生工的调动、职员的大小事都很关心，一有变化都要人向他报告。有一次北京政法学院工友因个人琐事打了北大一职员，北大写信给政法学院请求解决，马寅初竟花了很多时间亲自修改这封信件。

从目前保存下来的文件看，1953年、1954年江隆基写了好几件工作报告，都是直接以自己名义上报，一字不涉马校长，譬如1953年8月27日，他用毛笔写了万言报告致中宣部、高教部、市委，内容涉及学制延长一年、各系增设秘书一人并兼任支部书记、不适教员处理等重要行政事宜，全篇根本没有提及马寅初对这些事的表态如何。1953年10月4日晚，江隆基在临湖轩与各系主任座谈校内工作安排，人员齐整，唯独就缺马寅初一人。

在如何使用党外校长这一点上，清华大学党委书记蒋南翔就比江隆基灵活巧妙。蒋南翔经常会把对校内重大事件的看法事先通告副校长刘仙洲及教务长钱伟长，并尽量让他们出面主持，由他们给各系提出处理意见。这种沟通方式极为有效，刘仙洲的工作热情比冷落的马寅初要高涨许多。据高教部、教育部1954年3月24日《北大、清华、师大三校重点检查统战工作简报》介绍，蒋南翔与刘仙洲共同管理教学，蒋南翔主管政治及人事工作，刘仙洲则兼管总务、图书馆、校长办公室。刘对这样的分工是满意的，因而在工作中发挥了积极性，检查各系教学计划的会也主动由刘主持。简报中对蒋南翔的统战工作方法予以较高的认可："南翔同志经常将自己对校内各种问题的看法，讲给刘仙洲听，以促进思想上的一致，便于他从思想上接受党的领导。"

那几年马寅初在北大的境遇可以用"孤寂"来形容。细翻北大50年代中期档案，可以发现上下重要沟通时往往都愿意绕过他这一关。偶有例外的是因高教部大学教育司一科长不通过北大校方，擅自决定聘请苏联专家与留助教的数目与专业，高教部副部长杨秀峰1953年5月24日为此向北京市高校党委会书记李乐光写信致歉，并许诺将以马叙伦部长名义正式函告马寅初校长。

北大副校长、哲学家汤用彤1954年11月13日晚中风病危，在11月16日市高校党委动态简报中，列举北大党政领导前往医院探视的名单，竟把马寅初归入"向达、郑昕等教授"之列。这可以视为工作人员的一点笔误、失误，但多少也从侧面反映了马寅初的校长位置多年被漠视、冷遇的状态。

1954年5月，北京市高校党委会也认为北大"党的领导核心不健全，党政关系不密切，党委也未主动了解行政意图，配合行政进行工作"。说及原因，是因为北大党委"片面地强调行政方面水平低，小资思想浓厚，对他们指责多，帮助少，缺乏支持"。（见1954年《关于北大召开党代会准备情况的报告》）

高校党委借此批评一些党员校长习惯于个人决定问题，觉得"自己决定出不了大错"、"集体领导麻烦"。结果就是出现这样一个景象："党委忙得要死，有些负责同志忙得身体也垮了，而非党行政负责人却闲得难受"（市委大学部1961年回顾几年来教育工作总结报告语）。

市里对江隆基的工作方法也是存有一定看法的，但碍于江的老资格身份而有所容忍。在市高校党委工作报告中，对江的内部评论一直不高："少数同志背着'老资格'的包袱，自以为是。北大江隆基副校长自恃在掌握政策、思想意识、工作方法等方面的

1957年，马寅初、江隆基陪同周恩来视察北京大学

修养差不多了,不能虚心接受大家的意见,教学改革进展迟缓了,就产生了消极情绪。"市里领导由此形成对北大领导层现状的看法,这种评价持续相当长的时期:"北大集体领导不健全,党政关系不密切,干部及党员认识都不一致,行政、党委各部门间工作中配合不够,学校领导上的决定无法深入贯彻,致使教学工作稳步不前,相当一部分干部滋长了消极情绪。"(见1954年高校党委常委会议文件第7号《高等学校党员校院长学习四中全会决议检查思想情况的报告》)

江隆基时常抱怨高教部、市委对他支持不够,自嘲为"过渡时期的校长",强调许多客观困难。这让市委颇有些恼火,双方矛盾持续甚久。江隆基又因高教部不调给得力干部,常对高教部干部发牢骚,说:"又要马儿好,又要马儿不吃草。"高教部也认为江隆基与上级关系不够正常,对上级机关的检查和批评不够虚心。(见1954年7月1日市高校党委办公室《四中全会决议学习第一阶段总结材料》)而马寅初夹在其间,上下不得参与过问,小心观察两边的形势,不敢随意表态,只能高挂悠闲无事的姿态。

三

马寅初在敏感政治问题上的表态是极为慎重的,轻易不会在公开场合随便说话。但有些私下谈话还是被记录在案,譬如1954年谈及批判胡风运动,说"胡风倒霉了","胡风可能是对某些党员干部有意见"。由此引申道:"共产党是行的,但是党这么大,党员也不可能都一样,我也听说过,有的党员就是背着党的名,神气活现。"

1954年高岗饶漱石事件之后,借传达四中全会的精神,北京市委根据事前布置，陆续向党员干部、党内积极分子逐步报告，人数已扩大至22万人的大范围，此时民主人士及党外骨干还尚未传达。对于向民主人士如何讲清"高饶事件"，中共高层颇费周折，最后决定：向党外人士传达依据中央统战部提纲，不要增加事实，少讲些枝节问题。当时向一般党团员传达的内容，依据的是中宣部提纲，事实部分比统战部提纲要多，但要求不要另外举例。高层还强调，涉及中央领导同志的问题最好不讲，名单问题不讲，中苏问题不讲，中央领导的名字都不提，否则就会冲淡其反党叛国的罪恶事实。而且还提出，非党人士听中央统战部提纲者一律不讨论，党团员听中宣部提纲者反而一律要讨论。中央还规定，一般讲不清楚的不要讲，也不应当讲，所有做报告的时间不要太长，控制在两小时以内。（见1954年9月10日《杨述同志报告传达四中全会的情况》）

"高饶事件"是1949年中共建政以来最为惨烈、内幕最为沉重的党内斗争，如何向党内外人士圆满解释、减轻震动确是一桩令高层极为愁苦之事，布置之细之怪都是党内以往生活所少见的。从现存的一些单位传达记录本看，有些党委第一把手忍不住做了个人"违规"发挥，尤其是高岗生活极端腐化部分足以让党员听众心惊胆战，眼前一团发黑。马寅初没有机会听到党内报告传达，但他从党委人士严肃凝重的表情中已然看出莫测的深沉和巨大的不安。

从简报中可以看出，非党人士初听"高饶事件"的传达深感震惊，有几个激愤人士还要求公审，要求中央立即枪毙高岗。但主体上还是弥漫一种强烈怀疑的消沉情绪，他们没想到中共党内还有如此不纯的事情发生，想象不到会呈现如此激烈的斗争程度，认为过去对党过于理想化了。有的甚至认为，今后不能对中央、上级无条件信任与服从了。简报中称，"埋怨中央的情绪相当普遍，产生'怀疑一切'的思想。"

这样的一种幻灭感伴随着埋怨和不解，是1949年后高级知识分子身陷的最大一次信仰危机。

1954年4月市委高校党委组织各校非党教授座谈"高饶问题"，对会议评价为"一般教授发言慎重，不敢暴露，有不少混乱思想"。北大哲学系主任郑昕说："过去是战争环境，很多负责同志没学到多少马列主义。"北大教授周炳琳问："既然早知道高、饶有错误，为什么还要重用他们？"马寅初没有这么大胆，他只是跟在金岳霖发言后面补充几句，金说："高的问题很严重，饶的问题没听出什么事。"马寅初马上跟着说道："饶的罪恶轻，能认识错误，所以还称他为'同志'。"（见市高校党委《各校非党教授对高饶问题的反映》）他明白，在小枝节上绕着说，一般不会犯大错误。

马寅初所处的政治环境开始变得愈加恶劣，思想斗争火药味逐渐浓郁。1954年5月23日北大召开第一次党代会，与会者对上一届学校党委提出严肃的批评，措辞严厉，与会者集中谈到这几点："资产阶级思想在党内外大量存在，未受到有力的批判"、"我们阶级觉悟不高，对阶级斗争的规律缺乏深刻的体会，因而对于在各样教学工作中和日常学习生活中所反映的许多资产阶级思想则缺乏分析，降低了应有的政治警惕性，也就很少提出对策。"党代会通过的总结报告中明确表示："（北大）长期安于被资产阶级思想紧紧包围的环境中，敌情观念与政治嗅觉很不敏锐。"此后，马寅初所受的冷对待与此政治行情的看涨紧密相关。

1956年绷紧的斗争之弦稍有松懈，马寅初一有机会还会为北大利益呼吁、争取。市委召开高等学校院长座谈会，马寅初在会上言辞激烈，严厉批评中国科学院到高校挖人的举动，认为科学院"独善其身"，只让自己发展，不管高等学校的死活。他说："过去吴有训为科学院拉人，就把浙江大学这所综合大学拆垮了。现在又不断到北大来拔尖，甚至一般教师也要拉。北大与科学院的关系不是双方批评一下就能解决的问题了，需要中央来处理，才能公平解决。"高等学校与中国科学院的关系向来很紧张，一直是困扰各高校的难题，只有马寅初独挑这个话题，全场也只有向达一人帮他说话："这样下去高等学校只有关门，或者什么人都不让出来，或者歇业。"

马寅初还大胆地提出一个教学问题："学生政治课用的是苏联的本子，讲的是苏联的事，不结合中国的实际，不能真正提高学生的思想觉悟。匈牙利事件反映出学生思想很多基本问题都不清楚。"（见1956年《市委召开的高等学校院长座谈会上提出的意见》）这是一个真实存在的教学问题，可以看出马寅初的敏锐和直率，但在场的中共领导人士碍于国际形势对此没有做出明确反应。相反，老资格的人民大学党委书记、副校长胡锡奎却接着马寅初的话题说："今后可以考虑在政治理论教学计划中规定每年作一两次思想总结或鉴定，讲课中也要注重联系学生思想。"党员校长更看重的是给学生做思想鉴定，从这个细节也看出非党校长与党员校长的治校异同之处。

四

1957年4月6日，中宣部部长陆定一在杭州做报告，数年来第一次在公众场合表扬马寅初："你们浙江，有马寅初、邵力子二位先生，他们主张节制生育。提出这个东西很好。现在江苏、浙江每平方公里有288人，比世界上人口最密的比利时高得多，它是170多人。所以江浙这地方提出这个问题完全可以理解，有道理。"陆定一在报告中

马寅初在最高国务会议上作控制人口的发言

还是有所批评,但批评力度真是弱化至极:"有的时候马寅初他们偶尔有些话不大很科学,譬如说,假使人口增加了,将来就不能同人家和平共处,要打仗,侵略人家。这一点就有点马尔萨斯,只有这一点点,很多是好的。应该有分析,哪一点对,哪一点不对。他们的意见基本上是好的,而且完全可以理解。"(见1957年4月6日《陆定一同志在杭州市的报告》)但是这种有限的"赞同"、"欣赏"只能是昙花一现,转眼到了1958年2月中央宣传会议确定进行社会科学理论批判,党内高层已经悄声把马寅初列入批判的预设目标。

1958年2月9日中央宣传会议上,首先就确定三条近期任务:一是社会科学进行理论批判;二是所有知识分子都要分批下放;三是学校要搞勤工俭学。中宣部设想的理论批判规划中,马寅初已是榜上有名。1958年3月5日,市高校党委召开各学校党委书记会,由北大党委书记陆平传达中央书记处对科学院、高校"双反"运动的指示:"在高校中只是搞三勤不够,应当搞教学质量,培养干部的质量,学生不红不专是最大的浪费。发动群众辩论，出大字报揭发，对大知识分子可一般开小型会，个别的可以开大会。"这就意味着中央已同意这样两个步骤，群众可以出大字报揭发，对个别大知识分子也可以开大会批判。

1958年3月28日中央政治局朱德、彭德怀、陈毅、聂荣臻、彭真、陆定一等人听取北大、复旦、中国科学院工作汇报，就有中央领导强调："两条道路斗争问题不解决，知识分子不会向党靠拢。"在4月6日召开全国第一次教育工作会议上，再次确定文化革命就是阶级斗争的主题，会议纪要提出："教育和生产结合、教育服从于政治就有阶级斗争，会有'算账派''观潮派'，革命革到资产阶级思想根上，就要打垮资产阶级的学术观点。"（见1962年市委大学部整理《高等教育工作三年大事记》）至此，通过阶级斗争整肃知识分子队伍的理论阐述和工作部署已经完成。

北京市委由此开始布置相关"烧教授"的计划，提出要"猛火攻，慢火炖"。虽然市委大学部副部长宋硕曾说："有理有利有节，不搞斗争会，典型批判暂时不搞，大字报过多时要做个别工作，对年老有病的要保护。"（见1960年市委大学部《市委大学科学工作部1958年至1960年大事记》）但他在4月8日会上已经改变声调，主题变得非常激扬："发动群众，靠大字报造成声势，要三揭三打，即揭思想、揭盖子、揭矛盾，打破情面、打下架子、打下尾巴。"凶猛的运动开展之后，各高校都使劲加柴拱火，使局面很快失控。陆平把校内局势说得很严重："北大青年学生中大多数是走粉红色道路，老教师中白专是多数。"他独创性地开办所谓北大"西瓜田"，让当事人认领，从个人的"西瓜"中抽出观点问题，结合人物进行辩论。清华大学大力推荐与名教授章名涛"决战"的经验，动员一大批师生揭露章与党不正常的关系、教育与科学的路线问题,迫使章在讲"序论"课上先做了四十五分钟的检讨。

市委大学部、宣传部曾举办四次教改经验交流会,广泛传播各高校的斗争经验。到会的领导人每次都嫌运动进展过慢,讲话中多有批评之意,加重了会议上的凌厉气氛。教育部副部长黄松龄每次到会,都会再三强调斗争的主题:"对于资产阶级教授,要在政治上思想上加以孤立,肃清他们在群众中的影响。"市委宣传部部长杨述一再告诫与会者:"资产阶级思想的老巢是在教学、科学研究中,必须挖它的祖坟。"(见1962年4月7日市委大学部《五八年双反和教改经验交流会的情况和问题》)

据统计,在1958年下半年,北大文科各系对资产阶级学术思想进行了一次集中的批判,受到批判的教授有17人,其中最为醒目的就是校长马寅初。但是这场大批判却是虎头蛇尾,声势做得很大,嗓门喊得很响,但不到几个月的时间就低调地吹号敛旗,众将们又习惯性地等待下一次斗争的呼唤。

1958年至1960年在北京高校有一个奇异的现象,就是斗争鼓动最闹、战火烧得最旺的时候,领导层又怀有担忧之心去败火,去说一些留有余地的话语,努力显示政策怀柔、平衡的一面。火力强弱变化的根由,当然有物资匮乏、民心波动等外界因素的影响,跟高层貌似饱满而又脆弱的疑虑心态有关。高层在一些胜算败算的时间节点上并不想过多刺激知识界,避免树敌过多,招致政治上不必要的无谓麻烦。

1958年12月26日,政治局委员、市委书记彭真召集北大、清华等12个高校党委书记,重点说明三年来工人阶级知识分子成长很快,老知识分子相形之下感到灰溜溜,批判到这个时候,要转到着重在具体工作中团结帮助他们。1959年1月全国教育工作会议上,也一反以往对资产阶级教授猛攻的势头，会议纪要委婉地说道，"在党委领导下教师在教学中发挥主要作用，教学相长。"会议指出有些地方有一场混战的情况，强调贯彻百家争鸣，教学改革不提口号。到了1959年7月，市委宣传部、大学部借总结"五四"学术讨论的情况，肯定1958年群众性的学术批判运动是树立为社会主义服务的政治方向，锻炼新生力量。但也指出运动也有简单粗暴的缺点，重点批判对象过多，对于左中右缺少区别对待。（见1959年7月10日市委宣传部办公室《关于五四学术讨论的情况报告》）一般来说，文件中的话语说到此地步，各单位就明白这一场批判到了收尾的阶段，刀剑入库，鸣金收兵。

1961年间，在全国范围内生产滑坡、民生凋敝的大背景下，高校党组织对过去几年政治运动、思想批判有所甄别并大批量地向人道歉，敢于承认其间发生的错误，说了不少软话。1961年高校发布的正式文件多半带有检讨的成分，登载很多"神仙会"与会者怨气发泄的言语，对于指责的语句也能默然接受。这个阶段高校党组织的柔软身段和低头认错的工夫确实令人诧异和释怀，他们承揽过错的程度甚至超过老教授们的想象。

譬如说，对于1958年涉及批判马寅初的"双反"运动的严重后果，人们多半语焉不详，不敢触及，但是在1961年8月有一份大学部文件就清晰地表达道：

> 重点批判对象过多。对于左、中、右缺少区别对待，对于某些有错误的学术思想的人不适当地扣上"反动""白旗"等政治帽子，对这些人的学术成就有一概否定的倾向。
>
> 批判中有简单化的缺点，说服力不强，对一些需要展开讨论的学术问题，也轻率地下了结论，甚至有压服的情况。（见

1961年8月市委大学部《北京大学在反右派斗争后对教授进行批判的情况》）

这些近乎真实的历史性结论在当时就已经做出，对运动的恶劣效果也是明了在心的。可是转眼到了1963年，这些曾经暖人心的甄别语言刹那间都随风逝去，政治形态很快又恢复到原来凌厉、无情的本色。

五

1959年底，还是有些单位对斗争恋恋不舍，以"政治挂帅、加强党的领导"为理由请战。北大党委书记陆平1959年12月30日特意致信市委大学部正副部长吴子牧、宋硕，谈到自己对这一段形势判断的观点："当前以及这次反右后，学校阶级形势变化的估计并以此对今后如何在学校中坚持进行灭资、社会主义资本主义两条道路的斗争，这是与彻底贯彻党的教育方针密不可分的。从这次反右来看，党员干部对于这个问题认识得极不深刻，缺少远见。"他说，必须以最大的决心，艰苦努力，于最短期间内解决一支包括各主要学科方面的又红又专的师资队伍，真正占领教、科阵地，这是十分重要的事。过去取得很大的成绩，但是如真能有领导、有计划、有组织地进行，可以大大加速，看来三至五年完全可以办到，那么党的领导最后才能巩固。（见1959年12月30日《陆平致吴子牧、宋硕》手稿）陆平的"重建师资说"，建立纯而又纯的红专队伍，实际上变相采用了"排除法"，包含对资产阶级分子的错误教学、观点的斗争和剥夺，阶级界限分明。

对斗争最着迷的当属中宣部部长陆定一，当全党工作有所缓和之时，他永不松懈的战斗热情、坚定的嗜好还一直拉动全国文教战线向左倾斜的姿势。1959年11月召开中央文教会议，他还高调宣布文教方面知识分子多，右倾很严重，要反透右倾。陆定一说，今后主要危险是右倾，"左"还是自己队伍中的问题，右是资产阶级的东西，要大张旗鼓地反。

到了1960年3月，陆定一在文教书记会议上发言说，学术思想斗争要追到西方老祖宗，涉及政治、历史、教育、经济、哲学等领域，并具体地提出要以国内的巴人、李何林、尚钺、雷海宗、马寅初等人为批判对象，立即组织所有文科院校发动群众进行批判。他的发言展现了如此宽广的批判大视野，连党内干部都惊乎其斗争的特殊学识："学术思想斗争要追到老祖宗。文学的祖宗是十八、十九世纪的巴尔扎克、托尔斯泰。哲学思维与存在问题上有否认同一性的倾向，祖宗是康德，不可知论，思维不能认识存在。教育学，资产阶级教育思想严重，还要第二个仗、第三个仗地打下去，祖宗是夸美纽斯。法律、新闻等也有老祖宗，都是十八、十九世纪资产阶级学术的高峰。"（见1961年12月市委大学部整理《有关高等学校的文件的一些问题》）

除了斗争主题，陆定一对十年一贯、十一年一贯制的学制试验特别感兴趣，说话极为夸张，譬如"现在对天盟誓，以后永远要搞（教学）实验。""二十年能把小学到高中的学制试验搞好，全国过渡过来，死也瞑目了。意义很大，等于缩短一个五年计划。"

在这同时，中宣部将《关于组织文艺界批判现代修正主义思想和批判资产阶级文学艺术遗产问题向中央的报告》的草稿发到北大、北师大、人大党内讨论，作为战斗大纲提前供重点高校把握。北京学术界已经着手开展对巴人、李何林等人的批判，专门组织的一批大批判文章陆续见报。

1960年3月中宣部上报"关于学术批判报告"草稿，通篇都充满浓郁的火药味，每隔三四句就会不自觉地跳出"批判"的字眼，譬如："对马克思主义阵营内部文艺研究著作中所表现的某些错误论点和教条主义倾向，也要适当地加以批评，还可选择一些在青年中间发生了显著消极影响的作品，大张旗鼓地展开批判。对于现代欧美资产阶级反动文艺思潮及其有代表性的作品，应当予以彻底的批判。"陆定一已经拧紧战斗之弦，容不得下属文教单位一丝喘息。此时生活物资极端贫乏，社会初显动荡不安的痕迹，中宣部主管的思想斗争反而没有见缓，实际上已打上鲜明的陆定一的个人印记，如果没有陆的步步紧逼和全力推动，可能1960年的思想斗争景观就会大大不同。

1960年初期，中宣部直接指导北京市展开对修正主义、人道主义、人性论观点的批判工作，指定的主要靶子是巴人、马寅初、尚钺。5月初中宣部提出具体的操作细则，其中有一条为"在经济学方面进一步深入批判马寅初和马尔萨斯、新马尔萨斯学派"，其他还有对"思维与存在的同一性问题"讨论中的修正主义思想进行批判，并准备批判康德；在历史学方面批判尚钺并准备批判"食货"派。当务之急是如何组织力量，搜集关于巴尔扎克、康德、食货派、马尔萨斯等西方老祖宗的详细资料，准备进行彻底地有分析或有说服力的批判。（见1960年3月17日市委大学部《在高等学校中开展学术思想批判的情况和意见》）

1960年7月间陆定一又提出文科教学改革，要在文科教材中消灭修正主义的痕迹。7月30日市委大学部召开专门会议，压力颇大的大学部部长吴子牧压不住火气，在会上把话说得很重："最大的紧张是在我们的教材中有修正主义观点,你再讲修正主义,你就会碰到最大的紧张,就要对你进行斗争,那时才真正紧张。不改掉修正主义,党委书记能睡得着觉吗?一定要把住这一关,谁再继续教修正主义,明知而故放,谁就是犯错误,就是犯罪。"他把问题突然上升到犯罪的高度,让会场气氛骤然紧张。两年后,吴子牧反省说,自己当时发言确实不够冷静,让同志们备感压力。回想当年中宣部强加的措施,他反问道:"当时提出要求教学改革,要求检查修正主义是不是有根据、有必要、有效果呢?"他也承认,1958年以后"双反"运动固然使文科教学开始以马列主义、毛泽东思想为指导,但也有过火的地方,如过多地否定某些老教师的学术成就,把有些学术思想提高到政治思想上来批判。(见1962年4月10日《吴子牧同志在市委扩大会议期间在高教口全体会议上的讲话》)

　　1960年春季,由于受陆定一及中宣部的直接影响和管制,市委大学部对高校知识分子队伍的整体判断过于悲观和消沉。他们整理出一份材料,内中称全市高校教授、副教授共1169人,其中左派只有23.7%,这部分可以算工人阶级知识分子,其余76%的人基本上都属于资产阶级知识分子范围。整个教师队伍14000人,也有57%的人基本上属于资产阶级知识分子的范围。旧教师中许多人在解放后虽有很大进步,但是资产阶级世界观还没有转变过来。(见1960年市委大学部《关于高等学校政治理论教育工作情况简介》)这就配合了上级领导部门偏左的估计,为全面打击旧资产阶级分子提供第一手材料。1962年开完广州会议,形势趋缓,为知识分子松绑的呼声高涨,吴子牧为此诚恳检讨道:"我们当年对知识分子思想政治状况的估计、认识落后于实际,应当属于劳动人民知识分子,不应当再看作是资产阶级知识分子,看他们的消极面、缺点多,未能全面地贯彻执行知识分

子政策。"(见1962年4月10日《吴子牧同志在市委扩大会议期间在高教口全体会议上的讲话》)

与1958年相比,1960年北京市已深受副食品、粮油匮乏之困,底气不足,人心惶恐,市委已无精力去掀动新一轮批判热潮。对于中宣部的斗争部署,市委及市委大学部明里支持,暗地里却划定很多限制的圈圈,比如说"批判的对象只限于中央提出的几个人,不要再从学校中另找靶子"。结果北大草草地发了几篇批马寅初的文章交差,上报时称"在党委的直接领导下批判了马寅初的反党反社会主义言行"。过了一段,悄悄地连马寅初的大名都不见了。这种"雷声大雨点小"的做法实属特殊时期的无奈之举,致使马寅初侥幸地躲过一场原定到来的斗争风暴。此时马寅初被免去校长一职,很快成为知识界一只销声匿迹又臭名昭著的"死硬老虎"。

1960年前后陆定一强力支持的新一轮学术批判运动,在全党应付灾害、人祸的时段确实难以为继,党内响应声音太弱,很快就泄气般地收场了。我们注意到一个细节,就在同一时间段,国务院文教办主任林枫于4月中旬召集来京开会的几个省市文教部门负责干部,讨论了中央教育部替中央和国务院起草的"关于解决当前学校秩序"的十项规定,其中重要的一条就是"开展学术讨论,不能简单化,不能用行政的办法来解决学术问题"。(见1960年4月24日市委大学部副部长宋硕致邓拓信函《关于目前学校秩序工作的安排》)这表明高层还是有人注意到不适的斗争方法对知识分子的负面影响,不主张都用大批判开路的方式解决复杂的思想问题。

我们之所以详细追述这场斗争有气无力、人算不如天算的漫长过程,就是想说明一点,在陆定一预定安排的批判格局中,马寅初始终是其间一个主要的挨批对象，长久置放在全国性被批判的前七八位名单之中，每份文件中马的名字都会频繁出现。在陆定一的脑海里，马寅初这杆大白旗最具批判的价值，他在北大的倒台和理论上的破产都寓意深长，标志着大学文科社会主义教育革命重大的胜利意义，大大提高了对现代修正主义和资产阶级思想的识别能力。

不同的人在做不同记挂的事。1961年8月市委大学部在甄别时承认，那场大批判重点对象过多，批判中有简单化的缺点。而在参观一次高校展览时，看到没有思想批判运动的展板内容，中宣部于光远等一些中层干部忍不住建议多设立一块黑板，可以在标题不点马寅初等名字，但关于这方面内容一定要表现出来。他们担心地说："否则会使人误会，去年大搞学术批判是否搞错了？"

辨别是否错误，整整经过二十多年了才有最终的结果。其时马寅初已是近百岁老人，荣辱早已不惊。

六

1958年北大组织数千名师生到十三陵水库参加劳动，马寅初与新到任的党委书记、副校长陆平一起去看望教师学生。学生们见到上岁数的马寅初亲自来到沙尘飞扬的工地慰问，颇有些感动。一些学生忍不住喊道："向马老学习，做马老好学生。"在一旁作陪的一位北大干部见了颇为不满，后来向市里汇报说，学生对旧专家老教授迷信，根本不提我们的党委书记陆平同志。（见1958年5月21日《高校党委宣传工作会议大会记录》）

由此细节我们可以看到一般党务干部对领导人物的厚薄态度，对党的领导干部的尊崇是相当自然的，认为学校工作非党的领导不可。

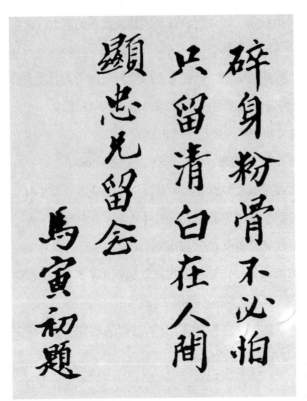

1964年,马寅初书赠重庆大学爱国运动会主席许显忠诗句。此诗句也足以表明他的心迹

我们可以退一步设想,假如马寅初握有校长的实际权力,他能搞好北大的全面工作吗?答案是超乎其难,时代已经根本不赋予他天时地利的条件,他无法具备驾驭超速失控、不按常规行驶的列车的能力。反过来说,马寅初不掌实权应属他个人的幸事。

譬如,北大在反右派斗争以后,共批判教授、副教授48人,占教授、副教授总人数的26.5%。其中,在"双反"运动中批判23人,在1958年学术批判运动中批判18人,1959年底至1960年初的教学检查和编书工作中批判16人。(见1961年8月市委大学部《北京大学在反右派斗争后对教授进行批判的情况》)这些俗称大批判的"脏活",事无巨细,都是要反复承受人心的巨大折磨,表现教条般的死硬态度，不能有一丝温情和犹豫，才能冷漠对待昔日的同事，从容布置斗争方案。马寅初下不了手，他后半生中只有被人批判被宰割的痛苦经验。

1959年市委及北大党委对外最爱显耀的一个事情，就是北大从1907年到1948年41年间才毕业学生6614人，而解放后十年间就毕业了7877人。（见1959年9月市高校党委《首都高校教育十年成就》）北大1958年号称完成两千多项研究项目，一年成绩就远远超过院系调整以来六年的总和。但事后一细察，发现科研水平大多估计偏高，所谓达到国际水平的项目存在虚假水分，不少科研产品无法使用、生产。校方一方面检讨说，由于缺乏经验、资金，突击性大，工作比较粗糙，情报不灵。另一方面校方此时还咬牙坚持说，弄虚作假只是个别的。（见1959年4月18日市委大学部《北京市高等学校理、工、农、医各科的科学研究工作情况和今后工作的意见》）这种头脑发热的学术虚夸，对于北大是个抹不掉的"历史污点"，马寅初作为一校之长，其中的内心受损、颜面屈辱是较为强烈的，可是他又需担什么责任呢？

1959年11月教育部开始布置教师提升和确定教师职务的工作，这是一次完全依据政治运动的成败来论的职称评定。规定中明确表示："政治态度划为中右的，或虽划为中中，但表现一般或倾向落后的教师,一般地不考虑提升职务。"而一些从党政机关调来任教的教职员工，缺乏文化水准，连教育部的请示报告中都明确称他们"比较缺乏系统的理论知识，没有进行过科学研究工作"，就因为经过革命运动的锻炼，有直接丰富的斗争经验和解决实际问题的能力，有培养前途，就被党组织授予较高的职称。（见1959年11月3日教育部党组《关于高等学校继续办理教师提升和确定教师职务问题的请示报告》）对这样非学术性、只单纯考虑党的斗争利益的职称评定，马寅初绝对不能认同，估计他去签字心里都会发虚。

1959年3月起，受市场紧张的波及，北大的食堂大锅使用情况告急。北大原有20口大锅，但三分之二是坏的，都是补了不少补丁，其中有七至八口随时都有掉底的危险，几千人吃饭就会受到严重影响。9月开学后，学生、教职员工又得增加5000人，计划再开辟两个食堂，需新添八口大锅。陆平原任铁道部副部长，他为此事回铁道部奔跑多次，央求旧部属为北大救急。他又跑到市委找主管生产的常务副市长万里帮忙，恳请在工业系统内部突击解决。但是就是这么一大圈的折腾，最终陆平只是无奈地借到一口小锅。（见1959年3月8日市高校党委办公室《部分高等学校对日用工业品需要的情况》）为了几口炒菜锅，人脉资源如此丰富的陆平尚且这样，书生气十足、不识中共内部运作的马寅初更会一筹莫展了，可能最多找一找相识的陈云帮忙。大锅尚未解决，学生又反映由于灯泡不能及时得到补充，八个学生住一间的宿舍，不少已由两盏灯减为一盏灯。北大在全校范围内又缺饭碗1万个，总务人员多次跑到市场上去看，发现只存有少量高级细碗，贵的七至八角才能买到一个，最便宜的小碗也得有一角四分钱，但因体积太小也不便于学生使用，货源也不充足。学生对此发了很多牢骚，陆平他们又得开始新的一圈恳求。

1959年4月大米供应紧缺，市面上出现波动。各高校党委遵从上级指示，开始紧急布置相应工作安排，譬如要求全体党员不许抢购大米，在家中自觉地少吃大米，及时了解群众反映，并在此问题上保守国家机密。这样的活动工作量大，机密性强，掌握分寸很重要，说话口径也颇有难度。这样的事情让经济学家马寅初去操作，一定是啜嚅不止，万般苦恼。

　　这就是马寅初当年所面对的历史特定情景，他上不了火热的前台，只能萎缩在历史暗处安顿自己不安的心境。后来的人们只熟悉他在学术领域的那份坚忍和骨气，他在北大苦涩的旧事所蕴涵的困顿和难堪同样值得我们去记取。

陈垣

陈垣，广东新会人。在宗教史、元史、校勘学、考古学等学科卓有成就。1880年11月12日出生。1897年赴京应试不第。1910年毕业于光华医学院。1912年被选为众议院议员，后因政局混乱，潜心于治学和任教，发愤著述，著有《元也里可温考》、《火祆教入中国考》等。1926年至1952年，任辅仁大学校长，在他苦心经营下，辅仁从白手起家而成京师著名学府。期间兼任京师图书馆馆长、故宫博物院图书馆馆长。1948年3月，当选第一届中央研究院院士。1952年至1971年，任北京师范大学校长，兼任中国科学院历史研究所第二所所长，历任第一、第二、第三届全国人民代表大会常务委员会委员。1959年，以79岁的高龄加入中国共产党。1971年6月21日病逝。

陈垣校长入党前后波澜

一

北京师范大学校长陈垣1958年底正式申请入党时，已是78岁的高龄老人。他能否入党的问题涉及50年代中共对高级知识分子政策的冷热演变，让北京市委、市委大学部及其所在的北师大的党员负责人几年间困扰不已，入党之后一经公布便成了当时轰动知识界的一桩大新闻。

按北师大党委1959年1月9日入党内部材料确定的口径，陈垣芜杂一生的简历被这样谨慎地描述："陈是清末秀才，曾任北洋军阀国会议员，教育部次长，参加过曹锟贿选，以后即专门从事教育和学术研究工作，1929年起任辅仁大学校长二十余年。"

在当时粗糙、简单化的政治教育环境之中，一般党员和群众对北洋国会议员、政府高官和参与贿选这样所谓"历史污点"会有高度敏感。因此北师大党委力求在这方面有所解释和缓冲，巧妙地过滤掉政治上的先天性疑点："陈任国会议员期间，主要是在京师图书馆阅读《四库全书》，著有《四库撰人录》、《四库书名录》等，估计不会有更多的政治活动。"

这种淡化和含糊是有组织效果的，从现有党内文件来看，支部大会及北师大组织部门对陈垣的诸多北洋问题都很少触及,往往一言带过,而且始终把陈的前半生基调定为"不关心政治、只热爱学术"。这种有意识的保护性评价在当年与陈垣同辈的高级知识分子中实属难得,有不少名教授在此类历史问题上都不获宽恕和见谅,备受各种挫折和为难。

对于陈垣在抗战期间的表现,北师大党委也做了画龙点睛式的肯定:"抗日期间陈闭门读书,不问政治,著书立说,很少与人往来,拒绝担任'大东亚文化同盟'会长及其他任何职务,未发现他与日伪汪伪和帝国主义在政治上有何联系。"(见1959年1月《师范大学校长陈垣入党的材料》)

中共军队入北平前夕,朱家骅、胡适等曾三次安排陈垣上飞机离京,但陈垣决意留下。他自己陈述的理由是,对国民党无好感,而自己二十多年不问政治,不会有危险。在随后几年针对知识分子的思想改造运动中,陈垣表露了当时留京的心态:"我是抱着怀疑的心理要

1951年11月1日,全国政协一届三次会议后,陈垣(中)与毛泽东在怀仁堂国宴上

看一看，到底什么原因共产党能打败国民党的几百万军队？这一定有个道理。"一位京城著名校长、著作等身的老学人能有这样初步的思想倾向性，无疑让中共高层有所欣然和期盼。

对中共所指定的《新民主主义论》、《国际主义与民族主义》等理论书籍，陈垣始终持"认真阅读"（校党委评语）的态度。在一件带有"绝密"字样的校方整理《陈垣小传》（1958年12月）中写道："解放以来他对党的领导是尊重的，时事学习从未间断，特别是对主席和中央其他负责同志的讲话或报告反复阅读。"1954年全国人大办公厅《情况汇编》第一期中曾记载，病中的陈垣不顾医嘱，仍执意要去参加全国人大小组会议，他说："能参加这次大会感到很高兴，好久没看到毛主席了，一定要积蓄精力，参加有毛主席出席的会。"

有感于国家经济的迅速恢复和发展，他在不同层次的学习会上这样表述过："解放区来的干部是好干部，共产党是一个不平常的党。""对今天这样的政府之下的生活，还有什么理由对政治灰心，对政治不闻不问呢？"他有一句名言常常为统战部门的工作报告所引用："过去几十年自己太无知了，恨自己接触党太晚了。"

1953年至1956年，陈垣在学校大小会上时常发言，大都是号召师生积极参加党的运动，努力配合政府各项任务。这些发言稿多是学校办公室年轻干部们帮忙起草的，讲话要点大都出自中共最新公布的文件精神，四平八稳，必然带有十足的概念化。但陈垣每次讲述起来都揉进不少激情，稍加一些个人发挥，减弱了草稿中社论一般的生硬程度。譬如1953年冬天因面粉供应紧张，市政府决定收缩供应并凭证售出。此事一出，遭致社会各界较大的不解和埋怨，也引起市委、市政府的不安和焦虑，赶紧布置相关的解释排忧的工作，希望将负面影响降至最低。陈垣为此在全校群众大会上积极阐发这一政策，希望师生多从正面理解和响应，他说："解放四年的经验，使我们深刻认识到党和国家的一切政策都是以人民的最大利益出发的，大家应该信赖政府，从大处着眼，从长远利益的全局出发来考虑问题，不要只看到小的利益，要把好的执行，保证国家工业化的建设任务。"（见1953年11月6日市高校党委《各校教授对面粉计划供应的反映》）

这些言语确是充满政治上的刚性特点，没有老学者所推崇的柔美、滋润的文字长处，说到学者的嘴上多少有些纠结、拗口。从当年会议记录原稿来看，那几年陈垣应约念了不少这样强烈政治化的稿件，通过个人影响和名气来配合政府的诸多事务工作，以高度热情的语言姿态来化解一些学界的矛盾和困惑，其中肯定有真切的投入，也会有不自主的盲从和苦涩。

二

教会型大学一向被官方认定为帝国主义文化侵略的顽固堡垒，作为辅仁老校长，陈垣思想如何转向就成为一个各方关注的风向标。在1952年院系调整之中，辅仁遭到撤并，教职员工折腾颇大。作为关键性的代表人物，受到礼遇的陈垣被分配到北师大当校长，中共高层也想以此举来安抚动荡中的旧部人员的情绪。他在这段重要的转折时期的表现及评价，现在还没有寻找到更多的内部官方资料，只在校方上报的《陈垣小传》中看到几句简单的评述："经过辅仁大学的反帝斗争和参加土地改革后，转变了对党的态度，接受了党的领导，靠近党，拥护党的各项政策，参加各项政治运动也比较积极，在当时对辅仁大学运动的开展起了一定作用。"

1953年9月16日,北京师范大学在新街口外大街19号兴建新校址,陈垣(中)为新校址奠基

学校党组织对陈垣历史研究的学术水准还是持肯定的态度,认为他的学问路数大体继承了清代学者的考据方法,他的著作考证历史上的某些事件、问题或某一书籍较多,议论较少,研究一朝一代的经济制度几乎没有,因此他的某些著作对研究历史有一定的用处。涉及学术弱点,只是说他研究比较专门化,故使用范围也有所局限。

陈垣常和别人说:"毛主席还让我带徒弟呢。"陈垣在一些场合主动讲了这个故事的来由,有一次开劳模大会他坐在毛泽东旁边,毛向工农界一线劳模们介绍说:"这是我们的国宝。"又转头对陈垣说:"你应该好好保养身体,带几个徒弟。"这个故事段子只是由陈垣单独述说,并没见到学校官方文件中正式引述,既不承认,也不否认,实际上给予冷处理。只是在1958年其入党材料中淡淡地提了一下："他对毛主席给予的鼓励和要他带徒弟时刻铭记在心上。"这个故事在圈内流传了许久，校方到1953年4月止也没给他配备正式的学术徒弟，他自己在带徒方面有何打算外人也无从知晓。

在政治学习气氛很浓、冲击业务厉害的时段，他几番表态，还是愿意钻自己的历史业务，期望建立一个业务氛围不错的学术团体。他曾经在史学研究会上提出希望成立史学研究所的意见，过了一段时间，听说要成立历史研究所，他兴高采烈地说："我可以做这个工作。"（见1953年4月20日高校党委统战部《各校上层统战工作情况》）

没想到的是，陈垣报名参加了西南土地改革运动后，所见所闻改变了他原有的一些学术思路。譬如他在四川巴县乡间应邀参加了斗争地主的大会，并做了革命性较强的发言。他在当地干部陪同下到处走访，实地看到村中地主所立的碑碣，发现与斗争大会上所听到的地主剥削的残酷事实不符，由此想到自己过去所研究的金石碑文很少记载劳动人民被压迫的情况，对以往"闭门治学"所依据的考证材料产生了怀疑。过后不久，校党委欣喜地向市委汇报说，陈垣已经对几十年来考据研究中缺乏阶级观点进行了初步的批判。

大跃进运动来临，陈垣陷入一阵慌乱，对自己的学术研究不知"何去何从"，感觉再整理旧东西"不能为大跃进服务"。他诚恳地对党委的同志说："历史这门学问太难了，自己过去的著作是否有错误已无能力辨别批判，希望一些研究历史的党内负责同志给予帮助。"他一口气批判了"不问政治"、"学术与政治无关"、"超阶级"、"超政治"的错误思想。北师大党委向市委介绍说，陈垣几次表态拥护对资产阶级学术思想进行批判，想做一位"红色老人"、"红专老人"，急切地期盼研究历史的党内负责同志给予具体指点，但又担心自己的著作被

完全否定。(见1958年12月北师大《陈垣小传》)

三

陈垣出任北师大校长时，名义上是说掌握全面，但一落到实际，他就只领导校长办公室、大辞典编纂处和研究所。所谓的研究所尚未成立，大辞典编纂处也较为空泛，而校长办公室更是空洞化地运作，造成他在学校没有什么实际工作可负责。最重要的是，由于中共构建的组织体系的党外排他性，挂虚职的陈垣与北师大各系统是脱节、隔离的，教务、人事等大权根本无缘经手。正因为对学校具体情况不了解，本来颇具几十年教育行政经验的陈垣往往对工作提不出意见和办法，下面偶尔来请示也不知如何决定。这使陈时常处于苦恼和困窘之中，时间一长，慢慢适应并养成习惯后，反而大小事都要请示党委书记来定，只有与书记商量，得到认可后才稍觉放心。

陈垣自己对此有个解释版本，如是再三在会议上说："我几年来因病未愈，但师大还是办下来了，没有党的领导是不可能的。解放前提教授治校，现在体会到应当明确提出'以党治校'。"(见1956年《市委召开的高等学校院长座谈会上提出的意见》)

市里统战部门曾提出，像陈垣这样的知名教育家，应如何恰当地发挥其长处，使他起更大的作用问题值得进一步研究，目前的问题在于是让他钻到行政工作里？还是让他整理他的业务，带几个徒弟更好？学校党委向上级汇报时，始终说陈垣年岁已大，对行政工作很不感兴趣。举例说，有一次开系主任汇报会，他从头听到尾，但一言不发，别人请他说话，他也坚决摆手不说。校党委的汇报中写了这么一句："他对校务工作不关心。"

历史系主任柴德赓，被校党委视为陈垣旧日的亲信，有一次曾私下劝陈垣要好好关心行政工作，不能先从兴趣出发，光做自己的业务。据说陈垣当时也默然接受了柴的劝说，没有多做什么解释。

1953年初何锡麟出任北师大党委书记兼副校长，掌控全校的党政实权。何锡麟到校任职后，陈垣对他的反映还是不错的，一再对人说："很久就盼望有这样一个人来。""何校长太好了。"但何锡麟的领导作风较为强势，自信心较强，再加上政治运动的惯性原则，不自觉地就掌握了学校所有的党政事务。很快，他由于同陈垣合作较弱而受到上级批评，此后稍微有所改进，同陈的联系比过去增强，但是整体工作还是由何说了算。何有时找陈垣谈问题，陈就认为何的意见已经很好，自己没有什么可提的了。时间一长，竟成了一个工作模式，陈对何事事依赖，高高挂起，被校办的一些工作人员戏称为"牌位"。

北师大虽然在行政上建立了校长教务长的联席会，但只是拿一些琐碎具体事在会上谈论，而且会前大都没有准备，与会者在会上随便聊几句就走过场。学校的核心或中心工作一般不拿到联席会上讨论，而由党委会去决定。1953年3月联席会有一次开会讨论一般性的教学计划，预定下午两点开会，上午十一时半身为副校长的何锡麟才去找陈垣和副教务长林传鼎商量，下午两点前告知另外一位副教务长祁开智。由此也可见出，在这样天生隔阂、保密至上的组织体制下，党员校长对非党校长、教务长的漠视和应付是习惯使然的。

1953年4月上旬市高校党委统战部来人调查，记录这样几件小事。何锡麟有一次曾拿一个计划草案交给校办公室金永龄，金问："陈校长看过没有，有什么意见？"何说："他提不出什么意见来。"

进步群众刘逦和反映，有时陈垣在办公室里转圈，说："你说我应该干些什么呢？""老了，做不了什么事。"有一次说："年轻人（指何锡麟）那么能干，偏偏身体不好。我这老头子没有能力，身体反而那么好。"刘迺和还验证了校内传言甚久的"牌位说"，说陈校长"过去是傀儡，今天是牌位"。

有一次某系学生慕名来办公室请陈垣校长题字，陈高兴地答应了，亲自拟好题词的内容，多是鼓励性的简单言辞，思虑再三，最后还得请何锡麟看看题词妥当不妥当才提笔挥就。（见1953年4月20日高校党委统战部《各校上层统战工作情况》）

在北京高校中，非党校长不受重视而被忽略，是左倾政策推行后必然带来的一种工作常态。陈垣的境遇并不是偶然的个例，也不是北师大独有的现象。譬如在财经学院，所有需院长签字的材料如党委书记秦穆阳没看过，非党副院长陈岱孙就不肯签字，因为他知道签字大多是无效的。许多情况陈岱孙不了解，有些会议的内容到开会时才知晓，因此党员副院长罗青不到场就根本开不了会，如罗青中间因故退席陈岱孙就无法继续主持。

皮科教授胡传揆是公认的向党积极靠拢的著名非党派人物，他在市委里颇获好感，因此获任北京医学院院长一职。但高兴一段时日后，胡院长就频频感到难堪，卫生部的领导有事常常直接找北京医学院党员副院长马加，很少找他商量要事。有时马加同意了就直接做了，胡传揆还不知情。因此胡消沉地表态："我这院长应当怎么当，不知道？还不如回皮科去。"更有甚者，有时马加有意把一些棘手的事如药学系要并入旁系，交给胡传揆去处理，结果让胡碰钉子，扫兴而归，威信大跌。

在校长位置上，享受无上的政治荣耀和光环，但实际上又长期处于权力的真空地带，为人摆设，看人眼色，陈垣的滋味一定是百感交集，难以名状的。在20世纪五六十年代起伏不断的思想运动之中，陈垣在大小会上说了不少拥护式配合式的即令话、应景话，已经难得听到他脱口而出的内心言语。1955年初，有一回听说李四光、华罗庚在中国科学院会上遭人批判而流泪，陈垣极为少见地大发脾气："如果把我像他们那样在台上被斗，我可不干……"这种激烈的表态，对于陈垣来说，只能落在口上，只是一时苦闷的发泄，也是自卫性质的表露。

四

1955年"三反"运动展开后，由于运动本身的戾气和霸道，主持者在宣传方面渲染过度，参与方式不讲规则，火药味四处散发，多少对陈垣构成一个难以逾越的沟坎。1955年1月12日陈垣从教育部开会回来后，立即找到办公室主任贾世仪（党员），要他留心收集群众对他的意见，并向校办党、团支部书记表示愿意带头检讨，请求大家帮助。有一句话老挂在他的嘴里："我一切依靠党了。"

但是他又给人不虚心不合作的印象，如老学生、历史系主任柴德赓见势不好，好意劝他应该检讨官僚主义作风，他回应说："我三十年没做官了。"有人说他搞小圈子，他一听表示思想搞不通。校办党支部成员多是他的年轻下属，反复做说服工作，促使他的坚硬态度有所转变和适应。

他曾在全校师生职工大会上做过三次检讨，其表露出来的诚恳态度和平和神情，或许这反而给巨大不安的校园带来一点点的慰藉和平衡。第一次检讨，首先批判自己"闭门读书不问世事，读书人不应当管理行政事务"的思想，还检讨自己对教员刘景芳、杨荣春等同志抱有成见。第二次检讨自己缺乏民主作风，校委会很久没有开，形成少数人推动校务，而把大家关在门外，下面意见也提不上来，影响校务的推进。他由此引申自己不具备全心全意为人民服务的态度。第三次检讨则批评自己的官僚主义作风和对公共财物重视不够的问题,他举例说:"学校的新宿舍已经建筑起来了,我还问木料买了没有,这真是官僚主义。"他归之于是因为存在着资产阶级的腐朽思想。他一再说,愿听取批评,在群众监督下对国家积极负起责任。

会后师生的反映极为热烈,校党委整理出一份文稿,主要内容大概归纳为:"校长这么大年纪,能把自己思想检讨出来真是不容易"、"校长检讨了,我们也当检讨"、"校长能认识自己官僚主义作风那么深刻,也只有在毛主席领导下才能如此"等等。校办还收集了各系传来的116条意见,大概也是围绕"校行政民主问题"、"个人作风傲慢"等话题展开。陈垣接到这些意见后,先用红格纸抄写一遍,翻来覆去地阅读,读到那些过激的批评意见心中难免有点情绪,特别是指责他在行政事务上的不作为,让他体会到一种实实在在的窝囊气、夹板气,还无法对人去解释。他对校办的工作人员说:"我一无是处"、"寸步难移了"。大家都觉得老人很难缓冲过来,没想到第二天参加反浪费大会后,他的情绪又有了较大变化,再三表示愿做检讨。他说:"这是一辈子的第一回。""什么是民主,今天才开始懂得。""这些意见是我的一面镜子。""大家对我提出这些意见是关心我、爱护我,这是我的光荣。"这些散落在办公室里三言两语的感慨立即被小干部们收集上报。

1月25日在全校扩大干部会议上,陈垣上台讲了这么一番话语,有一些话是脱稿而出的:"'三反'运动展开后,才使我对国家财富逐渐有了正确的认识,我以前对贪污、浪费的现象只觉得是关系个人的道德,总不能与人民财产联系一起。自从参加'三反'运动才体会到这个运动的伟大了。""通过贪污、浪费现象,才逐渐认识到自己官僚主义的严重性,才认识到存在着资产阶级腐朽思想的危害性,就像不照镜子不知自己满脸满身污泥一样,群众把镜子放在眼前才照见自己。"身在学校虚位上,不掌任何实权,言及所谓的贪污浪费、官僚主义的现象,陈垣的表态多少是言不由衷,虚与委蛇,敷衍过关。

但陈垣对其中一条意见始终很在意,几次在会上诚恳认错,这一条就是对刘景芳、魏重庆、杨荣春三位教授抱成见的问题。细翻现存的材料,无法找到陈垣与三位教授发生冲突的原因,不知事情的来龙去脉及是非。陈垣首先承认是自己的错误造成的:"这完全没从人民利益来考察问题,这不但是旧社会的作风,违背了新民主主义道德,而且不是一个人民大学的校长对同仁应有的态度,这就是资产阶级的腐朽思想。"(以上见1955年1月29日市高校党委《关于陈垣在三反运动中的自我检讨和反映》)一般性的人事纠葛是难免的,陈垣却把它上升到资产阶级腐朽思想,这种自污应该也是一桩说不出口的伤感之事。

在极其险恶的运动环境中,陈垣在公开会议场合的表态都极为到位、简洁,北师大党委在几份"三反"运动工作总结中爱用这几句话来表述陈垣那种天生俱来的位置感:"会后大家被他的诚恳态度感动,一些教授说校长能这样深刻检讨真使我们钦佩。"

五

对于1957年整风反右期间陈垣的实际表现,校党委的态度显得复杂、微妙和为难,最后以上下合力的方式保护过关。党委给出的正面理由是,陈在鸣放初期就称赞党的整风运动是"古今中外史无前例",要求知识分子"反求诸己","要帮助党整风,就要有党的领导",反对"民主办校",主张在党委领导下分工负责。因此陈校长属于"基本上能站稳立场"。

陈垣被人抓住把柄的是在1957年春季鸣放阶段中央统战部一次座谈会上的"错误言论",其爆发的激烈程度足以让事后参与处理的中共教育口官员有所棘手。在1959年1月9日北师大党委整理的陈垣入党材料中披露了其间的发言要点:"陈垣说,旧知识分子都有一些高傲的气质,自尊心很强,士可杀不可辱。老教授一次次检讨、被斗争,有时人家原是热爱国家的,但都指着脸骂人家是反革命,那当然会使人感到无限委曲,抑郁难平,感情的创伤一时不易弥补。"还说,运动过后,大家都不敢随便说话了。党和知识分子中间的墙,有的地方就是这样筑起来的,希望党在这方面多做些工作。

反右斗争展开后,惶恐不安的陈垣在党委授意之下做了两项弥补工作,一是对右派分子的反动言行积极进行批驳,二是"双反"中主动向党交心,写了五千多字的自我检查,批判了在鸣放中发表的错误言论、名利思想和对入党等问题的错误看法。他有些迷惑,怅然若失,看到北大校长马寅初挨批,他就有所顾虑:"经济学方面批判马寅初,历史学方面是不是也要批判我?"他私底下埋怨说:"那些过去不研究学问的,不写著作的,倒没有什么事。我们这些人,过去费了力气做学问,今天被叫做资产阶级专家要被批判,真不如不做了。"(见1959年1月9日北师大党委《师范大学陈垣入党的材料》)

北师大党委多少在为他说情,竭力让他脱离险境。为他开脱的材料中,就再三提到他的国际学术影响力:"某些资产阶级国家,如法国、日本等汉学家对他的一些著作有较高的评价,又因他研究过宗教史,任过天主教办的大学校长二十多年的原因,在宗教界有一些声望,罗马教皇曾赠过他勋章。"(见1958年12月20日北师大党委《陈垣小传》)

1959年7月3日,陈垣在北师大历史所参加学术讨论。左起依次:顾颉刚、胡厚宣、王毓铨、张政烺,右起依次:陈垣、侯外庐、熊德基、刘迺和

1960年9月24日,陈垣在励耘书屋院内劳动。陈垣曾为一幅《锄耕图》题诗曰:"寒宗也是农家子,书屋而今号励耘。"

可以看出，北师大党委在全力保他过关，运用诸多资源努力撑高"保护伞"，以证明他的政治立场无大问题。

1958年春夏之际，陈垣要秘书把报纸上登出的各类展览会的消息告诉他，一有信息就急忙前往，先后参观了三大工程（宝成铁路、武汉大桥、鹰厦铁路）展览会、北京高校中专红专展览会、全国工业交通展览会等大跃进著名展览。在三大工程展览会听到讲解员讲到这些工程都是我们自己设计时，一时感动不已，在现场不禁流泪。他走出时看到门口的大雕塑说："这一切都是毛主席领导得好。"回来以后对工作人员说："一方面增加了自卑感，觉得自己不如一个普通工人；一方面又感到骄傲，一个中国人的骄傲。"看高校跃进展览时，他夹在拥挤人群中仓促地看了一个半小时，只看了部分展览，他余兴未尽地表态，颇有几分自责："真感到中央教育方针的正确，毛主席早就说过教育与劳动相结合，可是我们为什么没早想到办工厂呢？"（见市委大学部1958年7月16日《动态简报》第12期《陈垣参加三个展览会的反映》）

六

1949年后北京市高校党委对发展高级知识分子入党之事一直持谨慎的态度，基层党组织顾虑重重，认为高级知识分子思想复杂，很难改造。据市高校党委1955年11月21日《北大、清华、师大等五校教授入党情况和问题》中披露，解放六年来北京市这五所高校一共才发展16名教授入党，迟缓的主要原因在于党内还存在不少思想障碍，不肯积极进行培养工作。

1956年1月8日，北京市高校党委组织部召开建党问题座谈会，着重研究在高级知识分子中发展党的问题。与会者多半都在感叹多年来办事之难，举步维艰，最后形成的简报这样表述："对高级知识分子的进步估计不足，认识不够，因而没有积极进行培养以外，还由于领导上对发展教授入党过分慎重，控制太严，使得大家对发展教授入党束手束脚，顾虑重重。"（见1956年1月20日市高校党委办公室编《高等学校动态简报》第117期）

50年代以来北京高校系统每年建党计划都没有完成，1954年成为全市完成建党计划最差的单位之一。市委组织部追查原因，高校基层党组织无非还是认为高级知识分子个人历史或家庭社会关系比较杂乱，只能采取简单放弃的消极态度。

1956年中央组织部明确提出两年内高校建党指标，即教授党员要占教授总数的20%。并要在今后7年内，使高级知识分子的党员数量，达到高级知识分子总数的三分之一左右。迫于高层压力，各高校加大了建党的速度和力度，有近百名教授被突击成为发展对象，其中有13名学部委员、十几位正副校长（或教务长、系主任）。在这广泛引起瞩目的大名单中并没有陈垣，北师大傅种荪、白寿彝、钟敬文、何兹全、陶大镛、马特等老教授在榜中列名，而且1956年10月市高校党委把陈垣列入"不够条件者，如何处理尚无更好办法"之列，与之同类的还有梁思成、汤用彤、孙晓邨、钱端升等人。过了一个月，市高校党委组织部再次在《教授中发展党的计划》中表示："陈垣，觉悟不够，且年老卧病，已丧失工作能力，不具备入党条件。"市委一领导用钢笔在此标注："高知中够条件是少数……无党派（陈垣）更复杂。分一下类，不够者算了。"

当时高校党委对此有个解释，就是要避免"对党的认识还不足、民主人士气味很重的人拖着小尾巴进来。"（见1956年10月10日高校党委《发展党发言提纲》)陈垣始终处于党组织"难权衡"之列,既够不上积极,又不处在"落后"之中,连他自己细想起来都觉得事情难办,也就是他常说的"太不自量"。

转机出在1958年大跃进之时,郭沫若等人入党的消息公布之后,对陈垣震动不小,他马上表示"不灰心"之意,并于12月正式提出申请入党。北师大党委转年1月9日向市委汇报,上交了一份四千余字的陈垣思想内部评价及小传材料,建议"可考虑发展其入党"。

想不到赶上1959年初春中共"开闸放水"的短暂时期,原本复杂万分的问题得以简单解决。1959年初市委很快批复同意北师大报告,并在两个月内连续批准梁思成、周培源、张子高、吴朝仁、黄昆等12位拖延多年的著名教授入党,在报刊上广泛宣传,引发了一股接收左

1959年1月28日,陈垣以79岁高龄加入了中国共产党。图为1959年2月14日,入党接受《人民日报》记者采访,摄于书房

1959年5月1日,陈垣参加首都群众在北海公园的联欢活动,与国家主席刘少奇(右二)、夫人王光美(右一)、校长秘书刘迺和(右四)在一起

派教授入党高潮。

1959年1月28日,北师大校长办公室、人事处党支部召开审查通过陈垣入党的会议,新任校党委第一书记刘墉如来到现场以示重视,他说:"陈垣同志的入党,说明了党在团结、教育、改造知识分子政策的胜利。""陈垣同志在解放以后积极要求进步、追求真理的道路是一条正确的道路。陈垣同志在入党的问题上,过去也曾有过思想斗争,如认为自己想加入党是'太不自量',怕提出来不批准,面子不好看。但是,最后总是获得正确的认识。"

陈垣在支部大会上的发言也应说是最常见的"八股"模式,如有

"今天对我来说是一生中最光荣的日子,接受我参加到工人阶级先进队伍,感到莫大荣幸。""今天党给了我宝贵的政治生命,我要珍重这一新生命的开始"等常见词语,稍带有个人色彩的就是这么寥寥几句:"今年我已年近八十,真所谓垂暮之年才找到了共产党,自恨闻道太晚。但是我年纪虽老,俗话说'虎老雄心在',我想年岁的老少不能阻挡人前进的勇气,闻道的迟早不能限人觉悟的高低。中国共产党是中国历史上最伟大、最光荣、最正确的党,不但是要把中国建设成为一个伟大的、富强的、先进的社会主义国家,并且在这个基础上继续前进,实现人类的最高理想——共产主义。我要以我有生之年竭尽能力,为党的事业不休不倦地继续努力。"这份讲话后来整理修改成文,以《党使我获得新的生命》为题在《人民日报》显要位置发表,在学术界内外掀动不小的波澜。

刘墉如在会上突然提到一个话题:"有些同志在入党的问题上,也有某些不正确的想法,影响了自己的进步。比如,有人害怕党内组织纪律,怕到党内来不自由。其实,主观的自由是不存在的,自由是'被认识了的必然性',只有认识了必然,按照客观规律行动,才有自由,否则是不自由的。只要我们正确认识社会主义、共产主义,就会感到自由,感到组织纪律的必要。"刘是泛泛而谈,而陈垣自然有所回应:"今天同志们所提的意见非常宝贵,我今后要加强阶级观点的锻炼,努力克服个人主义思想残余,密切个人与组织的关系。"

支部大会临近结束时,刘墉如激情地表示:"要把自己的全部精力,贡献给工人阶级事业,贡献给伟大的社会主义和共产主义事业。同志们,让我们共同努力吧。"陈垣回应道:"要不辜负党和同志们对我的希望,以不负共产党员的光荣称号。"在庄严有余的支部会上,模式感强烈,照着套路一丝不苟地进行,一位历经几个历史阶段的78岁老人能够应答自如，内容得体，很好地显现了时代所赋予的"光荣与神圣"的色彩。

研读这份保存至今的支部大会记录，我们可以看到，浸染多年，艰难磨合，陈垣政治性的表态已经极为纯熟和老到，周遭的政治烙印已嵌入在他的思想形态中。他的幸与不幸，都源自于激奋又茫然、紧跟又踌躇、外人又无法全部解读的苍凉心境。

冯友兰

冯友兰，1895年12月4日出生于河南省唐河县。1912年入上海中国公学预科班，1915年考入北京大学文科中国哲学门，1919年赴美留学，1924年获哥伦比亚大学博士学位。1926年任教燕京大学，撰写《中国哲学史》。1928年到清华大学任教，1930年任清华大学文学院院长。1931年、1934年分别出版《中国哲学史》上、下册。1948年任清华大学校务会议主席，1949年辞去一切行政职务。1952年后任北京大学哲学系教授，多次检讨自己的历史、思想问题。1980年起，通过口述方式开始重写《中国哲学史新编》，至1989年完成。1990年11月26日去世，享年95岁。

冯友兰：哲学斗争的个人挣扎史

一

细观北大哲学系1949年后的思想斗争历程，就可看出冯友兰始终是一位不可或缺的重要出场角色、屡批屡不倒的奇特人物。几十年来不知被扣了多少顶"反动"帽子，几番陷入落魄、无援的境地，却还能诚恳检讨之余一再反批评、再三与人"商榷"。最高领导人与各个时期的文教主政者有时又待他如上宾，基层执行者囿于统战政策又时而敬畏，令他在严酷的政治运动之后不时游离、逃脱，但是他的人生整体状态还是呈现不堪、悲怆的底色。

20世纪50年代初期，冯友兰对政治性事件的表态还是相当随意和大胆，但多少又带有一点自省之意，无形中又增添一层保护色彩。1953年3月斯大林去世，中方先后举办多种悼念仪式，北京高校的部分教授就表示不愿戴黑纱，冯友兰却巧妙地提出一点异议："如果在过去我就会想，好像邻居死了家长，为什么要将灵堂设在我们堂屋里呢？不过现在我不这样想，知道这想法不对。"（见1953年3月25日市高校党委《斯大林同志逝世后群众中的一些思想问题》）

经历学校"三反"运动的激烈冲击后，冯友兰对政治运动本能地滋生躲避和迎合，开始热心参加学校民盟的学习活动，因其发言适宜，屡次被学校行政方面选为典型,参加全校教师心得座谈会。1953年7月市高校党委在一份民主党派基层组织工作调研总结中表述道:"教授冯友兰、任华联系《实践论》,批判个人在哲学思想上的唯心观点,抽象概念和反动的思想立场均较深刻具体,会后一般反映甚好,不少盟员要求今后多开这样的会议。"1953年1月高校党委统战部制订半年工作计划,其中很重要的一条即是:"帮助一部分右派分子如冯友

1951年,哲学系欢送毕业同学时师生合影。站排左起:沈有鼎、张岱年、王宪钧、金岳霖、邓以蛰、任华、冯友兰

兰等做一些检讨批判,帮助我党团结改造他们。"统战部在计划中称,从民主党派组织生活的实际效果来看,主要是对中间中左分子以及一部分中层和下层的落后分子,适当地开展一些批评与自我批评。转年4月2日高校党委统战部总结民主党派工作时称,"1952年思想改造运动后,根据中央面向中上层的方针,又协助吸收了一批上层教授,其中有些是我们有意识地(让民主党派)吸收进来的右翼分子,如冯友兰、吴景超等,由于思想改造运动后,觉悟有所提高,因而要求加入相当的政治组织,以期进一步受到锻炼和教育。"统战部分析说,从左、中、右三类人参加民主党派活动情况来看,进步骨干在思想作风上表现骄躁,看不起中间落后分子,有脱离群众的现象,希望把民主党派办成和共产党一样,否则觉得不够味;中间分子要求政治活动适可而止,以免妨碍自己的业务开展。有别于进步、中间两类,统战部则认为像冯友兰这样的右翼分子大体上则比较积极,有上进的表现。

1954年1月高校党委统战部对冯有一个内部定位,就是列入"力图表现进步的中右"一类,在当时算是一个不错的思想评价,这使得冯友兰在日趋吃紧的政治环境中多少能抵挡一点外界的袭扰:

> 中右分子人数最少,他们自知在党派内部地位处于劣势,很想通过党派多有表现的机会,好丢包袱摘帽子,跻于"统战"之列。如冯友兰、潘光旦等都力图表现进步,主动检讨自己过去的反动学术思想。(见高校党委统战《关于北京市高等学校中民主党派工作的报告》)

50年代初期,在市委、高校负责人的内部讲话中,一涉及高校统战工作,往往都会提及"冯友兰"大名,但没有带着什么恶意。譬如市委宣传部部长杨述1953年10月在高校党委干部会上作题为《高等学校中党组织的任务》的报告,承认了老学者的学术价值和长期斗争的意义："有些教师有学问，掌握不少资料，即掌握不少过去的文化遗产，我们让他们教书研究对我们有好处，让冯友兰教哲学。我们假设是读古书，观点不正确的可批判，不能单有观点，没有资料，是英雄无用武之地，让他们教书并不是说他们已有马列主义，思想改造是长期的，最终要靠他思想斗争的成功。"杨述一再强调，高校思想斗争是持久战，要在教学与研究中发生争论而求得逐步提高。

杨述的表述颇有代表性，没有咄咄逼人的气势，说话较为委婉和含蓄。中共高校组织当时把思想改造还仅仅视作学习和提高的意味，除了1952年配合院系调整刮起打压之风外，较长时期内所谈的言语多带有勉励之意，斗争艺术不像后来那么纯熟和凶狠，目的性那么明确。而且高校党组织的操控能力从整体来看还比较弱化，基层干部对斗争实践的渴望和执行力还没有以后那么强烈。这是一段难得、特殊的磨合期，双方角色都在砥砺、变换之中，酝酿已久的主政者似乎在寻找出手的历史机会。

二

1954年底随着批判红楼梦研究及批判胡适思想的运动展开，冯友兰难堪的命运就已经宿命般地内定了。北大首先站出来的是一批响应号召、果敢的青年党团员教师，他们批评学校过去过分重视"权威"教授，忽略培养新的力量，以致不少青年人心虚、胆怯，没有勇气对教授的一些错误的学术观点提出批评。这让市委备感压力和欣慰，随之加大了对青年教师的支持力度，频繁召开党内会议加以引导，很快第一批炮火就延伸打到冯友兰等老权威身上，弹痕点显明。北京市委1954年12月31日给中央写出了第一份运动报告，就首先点到冯友兰的名字:"北大哲学系教授冯友兰,讲课的内容仍然是旧的,只是形式上用一些马列主义名词装潢门面。"而且当助教朱伯崑对冯友兰的观点提意见时,冯忽略助教的批评,不在意地表示:"辅导时只能讲材料,不能讲观点。"市委报告中暗示,年轻的朱伯崑没有得到冯友兰方面有力的支持。(见北京市委《关于北京市高等学校教师对批判红楼梦研究中资产阶级观点的思想情况的报告》)

市高校党委办公室1955年1月3日编出最新一期《动态简报》,内中称:"北大哲学系教师目前都在阅读胡适的书籍,进行专题研究。"系里出面组织两百多人参加的批判胡适思想报告会,与会者一般反应是"准备充足,学术性强"。冯友兰、任继愈在会上发言显眼,简报编写者用了这样的词句来描述:"副教授任继愈作了批判胡适实验主义的思想方法的报告,教授冯友兰作了批判胡适在研究中国哲学史的资产阶级反动哲学思想的报告。任、冯二人英勇地就自己在学术研究中与胡适资产阶级学术思想相同的错误观点作了自我批评。"(见1955年1月3日市高等学校党委会办公室简报《关于开展学术讨论,批判资产阶级唯心观点的工作》)在描述右翼分子时,党内简报行文竟然用了"英勇"二字,颇感唐突,或许是放松警惕的编写者随意、好心之笔,也许含有鼓励、嘉勉之意。

1955年斗争起起伏伏,1956年又逢"双百"方针提出,一度呈现和缓的氛围,让学人有一种苦乐不均的感受。哲学系教师支部有一个内部分析:"双百"方针宣传热闹时,系主任郑昕在《人民日报》发表了《开放的唯心主义》一文,好像对老教师学术思想的改造估计得保守一些;而张岱年在《人民日报》发表的《如何对待唯心主义》一文,又可能对老教师的思想估计打高了一些,张岱年就以为自己和冯友兰基本上已经是马克思主义者了。冯友兰认为自创的新理学中有

冯友兰在北大燕南园54号住宅中（1952—1957年居此）

合理的内核，客观唯心主义也有其合理的内核。党支部对此评价道："老教师一方面愿意思想改造，另一方面对他们自己的旧观点尽量保留，或用马克思主义附和自己的思想，或是留在心中不敢提出。"

面对生硬的批评，冯友兰也有了手足无措的时候，应对难免失当。他提出韩非的思想中有唯物主义的因素，大家也觉得这是一个可以研究的具体问题。但有人当即提了一条："在马克思主义以前的历史观中都是唯心主义。"这种"过于简单化的言语"（教师支部1957年4月工作报告语）一说出口，当即封住冯友兰的嘴，还迫使他不得不在教研室中作了检讨，说自己片面考虑问题。有时批评者扣了一个帽子，认真的冯友兰还得闭门读几天的书去求解。

1954年、1955年学术批判成了高校工作的重中之重，每个学者都会不同程度地感受风暴掠袭过后的寒意和危机。冯友兰似乎接受起来还较为坦然，对大批判多持正面、肯定之意，也有许多积极的回应。1955年4月10日北大民盟分部召开区委扩大会议，冯友兰首先发言，就为会议定下一个舒缓的亮色调子：

> 我感到通过这次批判，学术思想水平提高真快，一个人写的文章等经过大家讨论可以发现许多原则性的错误。我参加了几次会，体会到批评与自我批评确是提高学术水平的武器。据我看接受批评的态度有四种：一种是久经革命锻炼的同志，他们接受批评的态度很诚恳，如孙定国同志；另一种是不太容易接受意见，觉得别人没有看懂他们的文章，水平未必比自己高；第三种态度是以为旁人别有用心，搞宗派；第四种态度是消沉，从此停笔。我们应对持后三种态度的人多进行工作。有人认为批判胡适只是完成任务，没有永久价值。我认为科学研究一定要和现实斗争相联系，二者不是对立的。（见1955年5月27日市高校党委办公室动态简报第98期《北京大学几个教师对学术思想批判的反映》）

冯友兰居然在会上对一些消极现象提出批评意见，说得有板有眼，看出在批判运动中自然融合、自我消化的细微变化痕迹，他不随意排斥、不厌恶的平和风格，求真、求实的治学态度也加快了这种熔化的速度。

三

1957年1月北大召开中国哲学史座谈会，开会之前，北大党内曾有一个乐观的情况分析，其中最重要的一条是被批判者的思想基础"动摇说"，认为他们有认错的可能："院系调整后，曾对一些典型唯心主义（冯友兰、贺麟）的思想加以批判，使参加讨论的人开始用学得的马克思分析唯心主义思想，知道他们那些研究方向是错误的，使被批判者对自己的思想也开始动摇。"（见1957年1月北大哲学系《北京大学中国哲学史座谈会的工作总结》草案）哲学系有人提出，有些同志认为这次批判主要是对主观唯心主义的批判，而对客观唯心主义则批判得较少，因此还有教师（如冯友兰、张岱年等）直到现在还认为主观唯心主义是错误的，但客观唯心主义却又有其合理的内核。

最麻烦的是，在准备会议的过程中，哲学系教师支部向党委汇报说，从冯友兰、贺麟等人的新近文章中看到有离开马克思主义的倾向，二人对于马克思主义的一些原理也不是完全没有怀疑，甚至张岱年暗地里对于经济基础和上层建筑的关系的问题有所疑问，但因顾虑而不敢公开提出。

最敢说话的还是力图表现上进的张岱年教授，他爱说："'双百'方针提出后，现在我有些问题敢说了。"教师支部由此评价说，这给人感觉他的思想比以前活跃了，不至于再束缚在一条绳子上，试图由正确方面来解决问题。但是张岱年在关键思想症结上还是会习惯性地躲闪，竭力不让太多把柄被人抓住。

鉴于学界无序的混战状态，会前分管哲学的中科院社科学部潘梓年、中宣部相关领导还指示，不要从抽象概念出发，要和风细雨以理服人，不要扣帽子，要坐下来谈。结果，按惯性还是开成"一边倒"的会议，北大哲学系教授张岱年、李世繁不满地说："不是一个哲学讨论会，而是冯友兰、贺麟的思想批判会。"

或许就是从那时开始了这么一个开会模式，以马克思主义挂帅的党内专家胡绳、艾思奇、孙定国等首先出场，基本上把握了会议的话语权，由他们制造老套的批判阵势和语言定式，轮番对旧式教授进行

"轰炸"。系主任郑昕听会后说:"这次艾思奇同志、孙定国同志的发言恐怕一般老先生是不会满意的,一定觉得你说的那些我都知道,老一套,不联系实际问题,还是一般化,解决不了什么问题。"他有点嘲讽地表示:"这次会上,唯心主义与唯物主义斗争,我们是不是胜利呢?也可以估计是'胜利',但好像胜得太快,有些勉强,好像是以声势取胜,说服分析是不够的。"北大哲学系教授周辅成也说:"会上一讨论就空了,空的原则的争论是没有意义的。"(见1957年3月2日《中国哲学史座谈会后的一些反映》)

哲学系党组织在做1957年1月中国哲学史座谈会小结时,明确提到老教师身上所存在的思想毛病:"我们可以看到老教师虽然愿意学习,并且也学习到了一些马克思主义,思想中的唯心主义和形而上学思想仍然很大量的存在,他们会有意无意地用这样的思想修改马克思主义,附会马克思主义。"(见1957年1月北大哲学系《北京大学中国哲学史座谈会的工作总结》草稿)老教授隐性地对抗马克思主义,并且用了新的遮掩手法来顽固地表达旧有的唯心主义,成了哲学系党内最需关注、预警性质的动向之一。1957年4月老话题重提,在做工作小结时再次表明:"有些老教师有当马克思主义者的愿望,但自己仍是在自觉或不自觉地保护着自己旧有的某些观点。"

中国哲学史教研室支部专门开会复盘了会议状况,也认为"在理论上打了一个没有准备的仗",没有给重点发言者艾思奇、孙定国及时提供冯友兰等资产阶级教授的最新情况,因准备不足,针对性不够,使会上对一些错误的观点批判无力,科学性不强,没有能解决什么问题。事后支部整理了一份总结,也不无担忧地表示:"在党内应该说是在理论上准备不够,发言比较空洞,不能满足群众的要求,没有完全摆脱教条主义。"(见1957年4月《北京大学中国哲学史座谈会的工作总结（草稿）》）让教研室支部无法容忍的是，会上居然还有许多人不同意艾思奇的看法，即认为唯物主义的特点只有三种基本形式，众人认为中国唯物主义的特点就是在基本形式上与欧洲不同。

处于挨批的位置，冯友兰是不敢说此类意见的，他只是嘟囔着说，没有解决他的问题即在哲学遗产的继承问题，因为大家解决的是继承什么的问题，而不是解决怎样解决的问题。他这么一表态，一些与会者反而认为在一定意义上应承认他的意见是对的。

值得注意的是，冯友兰在会场中得不到应有的学术尊敬，有几个年轻发言者批判他时指着名说："我提醒你注意……"让相熟的老学者、老学生看了伤感不已。老学生卢育三跑去向主办方提意见说："金（岳霖）先生、冯先生都是全国著名的老学者，指名说'我提醒你注意……'，这成什么话。"系主任郑昕则感慨地说："有的人发言像是吵架。"党内资深哲学工作者关锋的发言就带有他向来的大炮式风格，逼人的气势就让有些老教师平添了不少的思想负担，后来的发言多少有所保留，生怕有口误。而同系教授洪谦的发言涉及私人纠结，东北人民大学助教吴锦东不快地表示："洪先生发言态度不好，是对冯友兰先生进行人身攻击。"

就是这样批判倾向鲜明的座谈会，到会的一些外地高校教师还是觉得较为温和，能够接受，居然说好者居多。武汉大学哲学系谭介甫说："这样的会议只有在中央才能开，在武汉就不行。"这就从侧面反证出全国高校当时四处开花、斗争过火、毫无节制的局面。

虽然在会上受到"自觉或不自觉地保护着自己旧有观点"的指责，作为被批判主角的冯友兰依然保持平和的心态，问及意见，他只是淡然地说出一句："这次讨论的都是真问题。"

直到1965年北大社教运动中，回顾以往哲学系斗争史，还有人愤愤不平地指出："1957年1月中国哲学史座谈会上，冯友兰、贺麟等猖狂地攻击马克思主义、毛泽东思想，与党争夺学术的领导权。"发言者认为当年系里负责组织这次会议的党员干部表现相当软弱，对胡绳、艾思奇等同志驳斥冯友兰、贺麟的错误言论支持力度不够。能否对冯友兰及错误思想展开有效的斗争，后来一直成为衡量哲学系党组织是否具备战斗力、是否够格的标准之一。

四

1952年院系调整时，为了便于思想改造，有意从全国范围内调来一批哲学资深教授集中在北大哲学系，教授总人数高达29人，使哲学系成为北大老教师最多的单位。因此高层就始终认为，这个系天然就存在着严重的两条道路斗争。让党委没想到的是，部分哲学系党政负责人迎合教授们的意见，也主张单纯搞哲学史、逻辑学。后任学校党委书记陆平曾恼怒地指责说："在1958年以前，自己还不能开历史唯物主义课。本来在哲学系资产阶级唯心主义就占据上风，我们已很少作斗争，加上国际修正主义的影响，结果资产阶级思想任意泛滥，一时造成学生不愿学习马列主义哲学，兴趣反在于唯心主义。羡慕崇拜资产阶级教授，甚至有的学生抱着这样的志愿，一生只要学到半个冯友兰也就心满意足了。"（见1966年1月5日《北大哲学系党员干部整风学习会议简报》第111期）

陆平还责怪自己的前任江隆基患了严重的右倾错误，在《人民日报》"六八"反右社论发表之前没有有意识地组织老教授鸣放，引蛇出洞的措施不力，没有适时暴露右派言行，因而错失打击的良机。陆平他们后来想以补课的形式诱人入网，但已无人中招。他说："按哲学系的实际情况，有一些老教师本来是右派，但因放得不够，放得差，划不上右派。实际上保留了一部分资产阶级右派阵地，留下了祸根。"

整个哲学系共处理了36名右派，但多是青年学生。在29名老教授中，仅仅划了一个张岱年为右派，而且还不是头号人物，战绩微小，让后任的校党委成员们追悔莫及。陆平和反右班子曾经分析说，冯友兰他们从斗争中学到了经验，看形势办事，斗一斗，就缩一缩，因而不易抓到他们右派的证据。心理专业教授桑灿南在6月7日刚露了一点攻击肃反的苗头，第二天一听"六八"社论发表，便不再讲了。

党委常委、人事处处长伊敏曾在全系党员大会上披露，学校曾经暗地里搜集过哲学系几个老教授的材料，但在党委会逐个研究时，终究觉得他们暴露不够，材料不足，未能成为划右派的硬性根据。这只能怪江隆基当初领导鸣放太差，决心不大，动手不狠，一念之差，被动地造成荒废战机的全校性错误。

北大校方在划右派阶段出手过于凶狠，处理之重在北京高校闻名，令人闻之色变。从伊敏的发言材料中看出，反右派斗争中北大共划右派705人，其中学生591人，占全校参加运动学生总人数的7.7%，其他高等学校学生右派一般占4%左右。当时全校划右派人数最多的单位，如物四班达23%，数四二班达32%。哲学系学生右倾比例在全校也是比较高的单位之一。（见1966年1月16日《北大哲学系党员干部整风学习会议简报》第121期伊敏发言）

在这样严酷的环境中，冯友兰他们集体逃过"右派"一劫，实属不幸中的大侥幸。这还与北大反右后期的一个拐点相关：在鸣放期间，很多中间群众都有少量或轻微的右派言论，划右派开始后他们顾虑特别大，总觉得有些已划右派的言行跟自己相类似。有的右派较多的班

20世纪50年代后期,冯友兰与同事们讨论编写中国哲学史教材。右起:冯友兰、汤用彤、任华、黄子通、汪颐

如果再划新的右派,那这个班级就有崩盘的可能。全校还发现一些中右群众已经紧张得失控,竟然自报右派数。因此市委及党委不得不从策略上去考虑,确定"分化孤立右派,团结中间群众"的新原则,一下子刹住大规模的划右派的做法。假设当时北大反右浪潮没有及时止住,再想进一步扩大右派分子队伍,凭着那股可怕震慑、法力无边的做法,估计冯友兰他们也是会被人多方收集罪名、罗致网内,划为右派的绝不仅仅只是张岱年一位教授了。

可以确认一点的是,冯友兰他们此后一直没有摆脱政治性的歧视和追击。1959年11月系总支向上汇总说:"中国哲学史教研室主任冯友兰,为老牌的唯心论者,政治上中右。副主任张岱年是个右派,已免职。外国哲学史教研室主任洪谦,政治上是中右,学术上反马克思主义,最近一年来借口生病需要长期静养,已完全不参加工作和政治活动。心理学教研室主任沈廼璋,政治上是中右,学术上唯心论一套不肯动……"而哲学系有旧哲学、心理学的教授29人，分布在四个教研室中。而搞马克思主义哲学的新生力量不足，青年助教只有寥寥16人，而且大多数是最近一两年留下来的毕业生，不要说"旗鼓相当"，连"通风报信"也顾不过来。（见1959年11月10日《北京大学哲学系中层骨干师资情况和意见》）

这就是北大党委最为担忧的战斗不力的局面。陆平曾总结说："哲学系资产阶级唯心主义的势力是强大的，不仅有首屈一指的大师冯友兰，还有一些国内的第一位的资产阶级哲学家。这些人的资产阶级世界观是根深蒂固的，绝不要看见他们一时的进步表现，就放松同他们之间的斗争，过去几年学校党委因此吃过大亏。"（见1966年1月5日《北大哲学系党员干部整风学习会议简报》第111期陆平发言）为此，北大党委始终对冯友兰他们高挂"督战牌"，时时不得松懈。

反右以后，中共高层对哲学工作的开展不是十分满意，一涉及旧式哲学教授及其教学工作，言语中时常流露贬损、不屑的意思，大有不以为然、看不上眼的蔑视感觉。1958年7月28日，中宣部部长陆定一在会上传达毛泽东的新近讲话内容："主席说不要把哲学看得很神秘，小孩子也懂哲学，你问他妈妈是人是狗，他也会说是人，这就是唯物论（反映论），小孩看电影也爱问哪是好人哪是坏人，他也是在找对立面。"（见1958年7月28日陆定一《党校工作会议上的报告》）毛泽东以小孩的口吻化大为小，把专业性极强的哲学学科弄得极其简单化、稚嫩化。而康生在党内几次讲话谈及冯友兰、张岱年近乎谩骂，毫不客气，他说："冯友兰的哲学，说什么抽象的意义，实际上他的哲学并不是什么哲学，说好一点是语言学，只是玩语言上的诡辩。""张岱年去年写的荀子的哲学思想简直是胡说八道，《学习》杂志还给登了，真丢人，那些人就欺骗我们不知道，其实，翻翻荀子的书，查对一下就知道了啊。张岱年有什么实学呢？只是诡辩，现在已成右派了吧。"（见1958年6月5日《康生同志在中宣部召开的政治理论教育工作座谈会上讲话》）康生以文教主管者的身份公开否认冯、张的才学，称之为"诡辩"，在党内层层传开后，增加左派斗争的筹码和本钱，更加重冯、张的整体政治压迫感和被围追力度，只能使自己周遭的生存环境严重劣质化。

在不断敌视、贬低的情况下，北大党内已把冯友兰的问题上升到阶级斗争、腐蚀青年的程度。北大党委统战部副部长赵国栋的言论最有代表性，他在市委内刊《北京工作》第246期刊发名为《发动群众，破除迷信，对资产阶级学术思想展开批判》的文章，直接点了冯友兰的名字，以他为例说明腐蚀青年的危害性：

> 教授们的资产阶级思想严重地腐蚀了青年，不少青年教师和学生曾经把"向科学进军"看成"向资产阶级专家进军"，在学术上也步资产阶级教授的后尘。许多人并没有看过这些教授的书，甚至没有听过他们的课，却一味盲目崇拜他们，认为他们学识渊博、著作多、资料掌握得多、又懂得几国外文，是高不可攀、不可逾越的。北大哲学系学生管冯友兰叫作"活字典"，有个党员甚至认为冯友兰学习马列主义比我们还强。（见1958年8月29日《北京工作》第246期）

这篇文章是经过北大党委授意而写的，代表了北大党内高昂的斗争姿态，在当年市委内刊发表后影响颇大，有一种示范表演的意味。连冯友兰学识渊博、"活字典"作用都不能容忍，还被看作是负面、有害的东西，显现大跃进之时北大党组织日益膨胀的严打狠打的极左情绪，灾难性的左祸现象迅速在校内漫延。

五

反右之后北大党委系统始终保持穷追之势，一刻没有放松收集敌情。对于重点人物冯友兰的点滴信息，党委及统战部门要求冯所在的教研室支部每周口头汇报一次，双周书面汇报一次。譬如1961年初秋系里反映，冯友兰否定大跃进的成绩，说大跃进有些像竭泽而渔，一次把鱼捞光，再捞就没有鱼了。

"与党争夺青年"是冯友兰所得的罪名之一，举出的一例是为吸引助教庄印编书，冯分给庄大量稿费，对庄加以腐蚀。市委大学部部长吴子牧称之为"按照自己的面貌精心培养他们"，冯友兰对庄印的世界观的逐渐腐蚀是"一个引人深思的例子"。吴子牧延伸说道："有些人公然散布抵触党的教育方针的言论（如冯友兰），有些资产阶级教授专门挑选政治思想落后、业务好、听他们话的青年留作助教或研究生，使他们成为自己的接班人。"（见1964年吴子牧汇报提纲《高等学校里阶级斗争的主要表现》）

1959年系里就抓住冯友兰教学中的内容，如"中国哲学史的特点是没有资产阶级的哲学"、"孔子讲的仁是超阶级的"等，列为学术批判的重点内容。（见1961年8月市委大学部《北京大学在反右派斗争后对教授进行批判的情况》）哲学系1956级学生为运动的激荡气氛所鼓动，以教学检查的名义，准备面对面地批判冯友兰，为此悄悄地酝酿了好长时间。有一天冯友兰讲完课夹着书包要走，学生要求他留下听意见，冯友兰当即显露慌乱的神情，只能坐在黑板前候场。哲学史教研室党支部负责人孔繁闻讯赶来，对这样突然袭击的方法表示不赞同，56级几位党员学生当即找到系总支办公室，在场的总支副书记任宁芬也希望学生背靠背搞，学生坚决不答应，只好又打电话向上级请示，最终同意他们的请求。结果这个临时批判大会就在教室里仓促举行，挤满了一百多位激情难抑的学生。

面对这样强势的学生，冯友兰只有唯诺顺从。他已习惯了这样的低调应对，内心不断累积政治风险感而使自己的心境渐趋无奈和悲凉。1961年5月在中宣部一次近乎"神仙会"性质的教材会议上，他大胆地讲了一段话，最能显示他这一段的痛楚和不安：

> 我对学生不敢管，不敢有要求。有一次，要求学生在考试时记住一些事实。教学检查时，他们认为这是因为平时对我提了意见，在考试时进行报复。并且说，你那些资料是资产阶级的资料。现在的教师相当于过去皇帝的侍读，你到学生宿舍去，学生问："你来干吗？"你辟一个房间"候驾"，学生不来，若问为什么，学生说："太麻烦了，还是你到我们宿舍来吧。"（见1961年5月8日市委大学部《高等学校部分党外教授在中宣部召开的文科教材编选计划会议上发表的意见》）

1961年市里组织各个单位对以往政治斗争大搞甄别，有缓解、平反之意。哲学系总支谈及对冯友兰的情况，只是淡而化之地表示，冯友兰1959年在教学中提出一些错误观点，有些学生不能识别，因此系里组织学生进行分析批判是必要的。但是当时开了一次师生一百五十余人参加的大会，批判中有些简单化，有人还说他是"修正主义"则是不恰当的。（见1961年8月市委大学部《北京大学在反右派斗争后对教授进行批判的情况》）这种事后评价既说批判具有必要性，又承认简单化的毛病，顾及两面，聊于应付，纯属一时敷衍上级。

1959年夏季后，受大跃进后果的制约，民心慌乱，知识界反弹厉害，却以静默的抵触状态加以显现。当局忙于应付副食短缺和生产下滑，无心恋战，严酷的斗争运动渐趋平和。中共高层开始张罗国庆十周年庆贺活动，为了使来京的众多外宾确切看到建设成就，举办各类展览会成了应急的良方。刘少奇提议："学校应该有去年那样的热烈气氛。"教育部党组书记、副部长杨秀峰找国务院文教办主任林枫商量，准备让北京的学校办一个以实物为主的跃进展览会，通过教学、生产劳动、科学研究的成果，来说明党的教育方针的正确。

因有1958年几次火爆展览做基础，1959年展览会仓促间也能顺利地举行，但原来不少夸耀、虚浮的东西被拿掉。中宣部一些中层干部参观后，唯独对没有学术批判方面的版块大有意见，认为大跃进时学术批判做了很多工作，应有所反映，哪怕搞一块展板也好。像批判马寅初、冯友兰等，不一定点两人的名，但多少要表现出来，不能让老教师翘尾巴。而冯友兰在参观此次展览会之后，表态却较为积极，说了简单几句，套话味十足："看了展览，感到学校师生能做很大事情，尤其是清华大学密云水库工程及国家大剧院工程等，这是个大跃进，这只有在党的领导下才能有的。"（见1959年9月30日《北京高校中专学校跃进展览会内部资料》）这几句平常大话，滴水不漏，与当时政治形态缝合无隙，冯友兰凭着自身的悟性和生存本能，能周全、圆润地应付事态。当时不少知识分子都爱说激动、夸张的言语，连篇累牍，像冯友兰如此简单行事的还属少见。

六

1960年、1961年形势缓和期间，冯友兰相对处于难得平稳的阶段，外界的压力骤然降低。最引人注目的是康生的变化，他早已对外宣称：我现在对北大的冯友兰先生采取欢迎的态度，人家承认他的抽象继承有错误，人家承认这一条就好吗？我们总要与人为善，承认他的进步，还要指出他的看法模糊的地方。

1961年4月23日、5月6日，康生两次听取北师大调查组汇报，其间屡次提到冯友兰。当谈到主席说过，"中国旧知识分子一方面要改造，一方面要看成是国家的财富"，康生举例说，我们现在是否真的看成是财产，如冯友兰是病毒还是财产，我看病毒是有一点，但基本上还是财产。他责问在场的市委人士：高级党校请过朱光潜、冯友兰去讲课，你们市委党校请过没有？

那一年《红旗》杂志发表了一篇论形式逻辑的文章，观点与周谷城相近，结果引起上海学术界人士的惊喜和好奇，认为《红旗》杂志如此发稿出人意料，还是能说公道话。康生讲了这个事例后发问："这就提出一个问题，即对非党知识分子所写的马克思主义学术观点的文章到底应该怎么看，能不能登报？"（见1961年5月8日北师大调查组整理《康生同志在听师大调查组汇报时的谈话记录》）康生坚持认为冯友兰发表文章对活跃学术争论有好处，因此几次指示对冯先生多加鼓励，所以那一年各相关报刊稿约不断，冯友兰兴致颇高地写出一批学术文章。面对这种景象，哲学系总支还急于从中找材料，写出一篇有关冯友兰等哲学系教授积极参与学术争鸣的报告，冯友兰自然成为其中表述的正面主角。

在那一阶段，北大提倡并布置青年教师与老教授"对号"学习，有意提高老教授的"形象"。如学校统战部印发了对中文系教授游国恩学术估价的材料，对游估价很高，甚至说游在大学二年级就注重研究楚辞，这恰是以前最顾忌的资产阶级专家"成名成家"的说辞。而哲学系也写了冯友兰的学术情况，用词超常，说冯在中国哲学史方面是全才，中文相当中文系一级教授，历史水平相当历史系一级教授，英文相当于英文系一级教授。当时就有青年党员提意见说："对教授知识的估计是过高的，与我们1958年对他们学术批判的精神完全不符。"

在高级党校集体编写《中国哲学史》教科书时，哲学系编写者照抄冯友兰的著作，引用了冯友兰对春秋无神论思想、春秋辩证法思想、后期墨家的逻辑学等方面的学术观点。后来大批判时，这件事就被认为"影响很不好"，反过来就论证冯的学说多不可取。

在哲学系同事的眼里，1961年时的冯友兰变得有些洒脱、大胆，喜欢评议时事、政策，似乎也不刻意回避什么。教育部制订的《高校暂行工作条例》公布前，到各校征集部分师生意见，冯友兰应邀出席座谈会。大家七嘴八舌，对不少条目提了各种修改的理由，但从没有人对总则中的"要求学生具有共产主义道德品质"这一条有意见，因为觉得这是通俗明白的大道理。而冯友兰却说，该条标准太高了，因为条例既然认为学生的共产主义世界观的树立是逐步的，那么对于还没有具备共产主义世界观的学生能否具有共产主义道德品质呢，这两个要求是互相矛盾的。冯友兰说时都觉得拗口，微妙的推理叙述方式也让与会者有几分失措，没有人能当场接上茬。条例中还规定："（研究生）科学研究时间应当占整个学习时间的一半。"冯友兰明确认为这是做不到的，在整个学习期间仍应以学习业务为主，不能搞很多科学研究。他和清华李酉山教授都谈到，目前研究生的业务水平较低，要用较多的时间学习基本业务知识和外文、古文等工具。（见1961年10月14日市委大学部《清华、北大、师大部分部分师生和干部讨论高校暂行工作条例的意见》）冯友兰所谈的意见是有针对性的，1958年教育革命运动蓬勃兴起，各高校不顾知识体系训练的特点，广泛动员三四年级的本科生和研究生大搞科研著书，结果基础不牢，危害甚大,几个学年下来学生的治学能力严重削弱。

就在那短短的两三年间,冯友兰一度获得较高的称誉,《中国哲学史》课程原本是作为对立面让他讲授的,想起到"反面教材"的作用。没想到全系教师(包括党员)听课后都很欣赏,认为讲课流利,史料熟悉,观点明晰。冯友兰的一位党员学生陈奇伟激动之余,执意要用诗一般的语言去歌颂自己的导师。(见 1964 年 5 月市委大学部《高校政治工作会议分析党内思想状况》)只不过转眼到了 1964 年,冯友兰的政治行情大跌,所有曾经对冯表达过好感的人都一一遭到斥责。

七

1960 年年初开始,北京城内副食、粮食供应出现极大的困难,因营养不良造成的浮肿、消瘦、头晕等毛病在各行业中普遍出现,到了

1963 年,中国科学院哲学社会科学部委员扩大会议期间,毛泽东与冯友兰亲切握手交谈

1961年春季达到了最恶劣的程度。北京市委紧急出台几个应急方案，其中开出甲、乙级供应的两个名单，一个是大范围的32000人，包括工程、卫生、科研、出版、高校等领域高级技术人员，再加上十三级以上的干部7100人；另一个是小范围的一万人左右，是在资源有限的情况下必须确保的高级干部、高级技术人员。

冯友兰当时为高教一级教授，每月收入445元（工资345元，研究费100元），爱人在家属委员会协助工作。根据政策，他可以享受甲级供应（每月四斤肉、两斤糖、三斤鸡蛋、两条烟），及牛奶一磅，这在当时算是顶尖的生活待遇。

据中央教育部人事司调查人员了解，冯友兰的生活水平过去是每天早上有牛奶、鸡蛋、点心，中午晚上都有荤菜。但是现在生活条件有不小的改变，迫使他放弃了保持多年的半西式饮食方式。他利用全国政协委员的身份，每月固定到政协礼堂餐厅吃饭8次，时而还去高级饭店改善生活，爱人有时还到自由市场买些鸡蛋等东西来补充。（见1961年9月27日教育部人事司《关于北京大学、清华大学26名教授、副教授的生活和健康状况的典型调查报告》）

前几年校外会议多，冯友兰忙于应付，心中颇感烦恼。但此时他一反常态，却经常参加各类会议和政协视察工作，借会议伙食来添些油水。他乐于参加的会议有：民盟中央、市委会议、学校民盟支部小组会、科学院召开的学部会议、有关学术讨论会，这些会议的伙食相对比较充足，能时常到会也是恢复、保护自己身体机能的一个有利条件。

冯友兰在系里只开一门讲座，每周四节，备课也不费很多力气，教学负担不算很重。他从中年起就注意摄生，注意消除身体疲劳，尽力保持精神状态平和。教育部人事司还特意提到一笔："1958年批判他时，他尽量克制自己，使自己的情绪不过多地激动。"

冯友兰的生活规律与美学家朱光潜有些相似，都是一早起来在园内散步，坚持打太极拳，晚上一般不工作，很早就上床睡觉。

1961年时冯友兰近66岁，血色素正常，从外人看来身体健康情况还算是比较正常。1961年全年只因腹泻休息二三日，有时患感冒。4月份高教部在北京饭店召开教材会议，冯友兰时常晚上去东郊体育场观看世界乒乓球锦标赛，看完比赛后已没有公交车，他坚持步行回到北京饭店，还谈笑风生地和同行者说："今晚我们两人也得了双打冠军。"（见1961年9月20日北大《关于调查部分教师健康情况的汇报》）

但是他的体重还是略有下降，1953年体重72公斤，1959年为69.5公斤。1961年他的儿媳从沈阳把刚生的小孙子带来了，把他特供的奶喝了。其特殊营养供应，也往往与子女、外孙等分享。他还反映无粮食打浆糊，实际上很可能是粮食不够吃，系里准备给他再增加一斤。1961年9月冯友兰亲自找学校，两次要求将孙儿在京报上户口，以解决婴儿供应问题，但迟迟未能批复下来。

在整个北大校园中，冯友兰的身体状况确实属于良好，这得益于他的身体底子和自保措施，这在全校也算比较罕见的特例。在北大范围内，身体虚弱拖垮的教授比比皆是，迫使校党委屡屡请求市委予以救急。譬如北大西语系主任冯至1961年比1959年降了十多公斤，眼花头晕，早晨心慌，手脚发木，开会时精神集中不起来，听不进去。同为哲学系教授的张颐从1959年体重65.2斤，1961年减至61.1公斤，副教授刘元方1958年体重62公斤，1961年竟减至50公斤。

北大校方向上级报告称，有些三级以上的教授因家庭人口多，新供应的营养品实际由全家人分享，其中有些长期患病的老教授个人生活水平下降较多，在不同程度上影响了他们的健康状况。

最头疼的是，现有三级以下的教授，原按规定不供应特别营养，但为照顾其中部分年老多病的教授，适当提高营养条件，以助于恢复健康，学校根据具体情况，已为8名教授提出申请供应营养，但已上报半年，市里尚未批下。

在党员教授中，目前已有18人享受营养品的折半供应。党员教授段学复长期患有十二指肠溃疡，以前每天可以吃到两个鸡蛋，面包、水果、牛奶也比现在多，过去全家每天有肉半斤或一斤，现在一般都是素食，每餐大约只有一碗菜。

最典型的一例为66岁的生物系一级教授李汝祺，全家共收入423元，原来家里生活方式是西洋式的，有一个厨子是做西餐的，在校内都很有名，全家也习惯吃西餐，主食吃得少，副食吃得多，每天早上要吃牛奶、面包、鸡蛋、水果，中晚餐有肉、鱼。1959年学校组织参观定陵地下宫殿，他的体力仍和中年人一般，在教授中是最好的一个，但是最近一年衰老厉害，体力下降，上第二节课已很吃力，走一段长路就不行了，冬天时易伤风。就是这样原本生活充裕的家庭，也被迫养了几只鸡，生蛋时可以吃到蛋炒菜，现在鸡不下蛋了，全家人就为饭菜的质量忧愁。（见1961年9月20日北大《关于调查部分教师健康情况的汇报》）

三年困难时期物资困乏，对社会各阶层的困扰和伤害都是极大的，敏感、受压的知识界自然是愁苦难言。夹在政治运动之间，精神上的一波波冲击尚未安息，就要迎面应对贫乏困顿、身心交瘁的恶劣生活条件。在了解整个世纪下半叶中国知识分子的坎坷命运史时，1960年至1962年是至为重要的段落之一，凄楚无助、贫困交加竟然成了他们的主要生活状态。饿人的事最经得住记忆，那种锥心的痛是难以剔除的。

八

1963年春夏之后，阶级斗争的弦音愈演愈响，再也不可遏制。冯友兰的命运曲线也就自然落至谷底，只是一次次被清算、被自动纳入斗争对象的系列。

有时清算还要从50年代初期说起，可以历数哲学系几届领导班子的斗争不力、战斗涣散的错误，说到历次资产阶级教授猖狂进攻的事例。校党委书记陆平在"四清"结束之际，在全系干部大会上厉声说道："解放十多年来，哲学系在这方面的斗争到底怎样？总的看来是斗争不力，在相当长的时间内，基本是和平共处。冯友兰在这15年来，我们并没有对他系统地深入地进行批判。1958年批判了一次，只是一个开端，还是批不彻底的。"

最让陆平气愤的是，在教育方针上，以冯友兰为代表的资产阶级教授提出了"分工论"的主张，实际上就是不要党的领导，不要毛泽东思想、马列主义挂帅；而要由资产阶级教授领导。这种主张当时居然在党内也有许多人赞成，系的主要党员领导干部汪子嵩也认为在学校里搞辩证唯物主义不能联系实际，只能联系一些自然科学。搞历史唯物主义很困难，许多基本问题马恩列斯都解决了，现实生活中的问题还有党中央解决，因此他也认为北大哲学系主要应该搞哲学史、逻辑学。陆平指责说："汪子嵩和冯友兰、资产阶级教授'分工论'的主张实际上是一致的，要以资产阶级唯心主义挂帅。"

陆平还提到1957年的往事，这是他来北大就职以前特别在意的坏现象："在国内资产阶级右派进攻前夕，在国际修正主义思潮影响下，资产阶级思想大大抬头。"他说，冯友兰宣扬他的"抽象继承法"，郑昕也要求开放唯心主义，并要吸取唯心主义的好东西。对于资产阶级这次在学术领域向我们的进攻，学校党委、哲学系的同志都是缺乏认识的，没有及时进行斗争，予以反击。资产阶级思想严重影响到党内，比较普遍地只愿钻业务，不愿做政治工作，有些人闹待遇，闹地位。

此时对于冯友兰等教授的政治问题，陆平看得格外严重，态度也转为激烈："平时他们采取渗透办法散布资产阶级毒素，形势一有变化，就出来和我们进行斗争。资产阶级知识分子在阶级斗争中一次一次反复，他们还通过教学、研究，指导研究生、助教，散布资产阶级思想毒草，向我们进行争夺青年的斗争。"（见1966年1月5日《北大哲学系党员干部整风学习会议简报》第111期陆平发言）

在检查1962年到1964年的讲义中，校、系两级再次高调宣布，发现冯友兰提倡超阶级的人性论，提出什么"死无对证"的历史观，反对古为今用；在强调客观的幌子下宣扬封建主义，还宣扬"你中有了我，我中有了你"的矛盾调和论。美学家宗白华宣扬"缕金错采的美学"和"初日芙蓉的美"，认为这是中国历史上一直贯穿下来的两种美学理想。宗白华的用语极其讲究，富有美感，且是一家学术之言，但批判者却一口认定宗的说法是抹杀了美学史中的两条道路斗争。

1964年5月、6月间学校党委进行阶级斗争情况调查，向哲学系布置调查任务的第一项就是冯友兰争夺青年教师、研究生的情况，而且要求三个党员教员参与此项工作。1964年春节毛泽东做了有关教育工作的指示，哲学系总支就写了两份有关冯友兰发表的与毛主席教育指示相对立的系统观点的汇报。1964年秋报刊批判所谓"修正主义"

的"合二而一"观点,系总支再次详细上报冯友兰在这个问题上的不同看法。

系里的党政干部在工作上一触及冯友兰,都要格外小心谨慎,否则极易惹火上身。1963年冯友兰在扩大的学部会议上和关锋争论普遍形式的问题,性急之下倒给关锋扣了一大堆帽子。系副主任邓艾民在自己的文章中也谈及普遍形式,说该问题经过双方争论,观点有所接近。邓说这样讲是为了照顾统战,可是上级领导和一部分同事却认为邓的文章有问题,有掩盖矛盾之嫌。

有一次,冯友兰的一个研究生金春峰(党员)想写文章批评车载,冯支持学生写,并且愿意帮助他将文章寄给《文汇报》。但因为车载曾经写文章批评过冯友兰,系里领导就为能否寄文章发愁。系副主任邓艾民为难地说,如果不让冯友兰寄,会不会影响统战?后来冯友兰又在金春峰文章上加注,多添了两句话:"冯友兰著《中国哲学史新编》的新版有重大修改,改变了一些看法。"金春峰又来请示,邓艾民思索后问:不加会不会影响统战?在这两件小事上,系里部分党员教员坚持不能为冯友兰做各种宣传,批评邓艾民在对资产阶级教授问题上,不能坚持党的原则,就怕与他们搞坏关系,对党的统战政策作了不正确的理解。(见1966年1月14日《北大哲学系党员干部整风学习会议简报》第119期)邓艾民有苦难言,只能办事更加含糊,拖延了事。

冯友兰是反面的标准件,是政治运动必需的参照物、说明书。他的学术观点是众人习惯性的炮轰目标,他曾力争的学术训练办法也最遭人非议、打击,譬如他曾安排研究生第一年要学习一千九百多页的古典著作,第二年学得更多,第三年做毕业论文时要对一本古书做校注,等等。有人曾欣赏冯友兰这些学术培养的办法,以肯定的口吻说:"这是中国哲学史教研室的一条经验。"结果上级领导和同事批评说,这种看法是对冯友兰的落后现象认识较迟、头脑不清醒的表现。

在政治风暴眼中,冯友兰是无处遁藏,无一是处。细细回想一遍,能煎熬着扛过那样几十年的暗淡岁月,大师确实不易。

汤用彤

汤用彤，1893年生于甘肃省渭源县。1911年进入北京顺天学堂学习，次年考入清华学校，1916年毕业留校，出任国文教员，并任《清华周刊》总编辑。1918年赴美留学，1922年获哈佛大学哲学硕士学位。同年回国，历任东南大学哲学系教授、系主任，南开大学哲学系教授，南京中央大学哲学系教授、系主任。1930年出任北京大学哲学系教授。1937年随北大南迁，任西南联大哲学系主任兼北大文科研究所所长。1946年复迁，任北京大学哲学系主任、文学院院长。1947年当选为中央研究院院士、评议员，兼任中央研究院历史语言研究所北京办事处主任。同年，赴美国加利福尼亚大学讲学。1949年2月，出任北京大学校务委员会主席。1951年后担任北京大学副校长。在北大执教三十余年，教学内容包括中国佛教史、魏晋玄学、印度哲学史、西方哲学史等。1955年当选为中国科学院哲学社会科学部学部委员。1964年5月1日，病逝于北京。

汤用彤：五十年代的思想病

一

1949年1月风云变幻之际，擅长研究魏晋宗教哲学的知名学者汤用彤在胡适力荐下，出任北大校务委员会主任，相当于"留守校长"一职。1951年转任副校长，职权有限，并没有分管学校教学工作，多少管一些陌生的基建等边缘事务，但总体境遇似乎比马寅初校长还要好些。北大校长办公室副主任文重1953年初春告诉来访的上级统战部门人士："相对来说，汤副校长在职权问题上还是解决得比较好的。"

在校长马寅初不被党委书记江隆基等党内负责人看重、马有意规避的情况下，汤用彤时常会作为校方行政代表人物的身份出场，说一些规定情境的政治用语，但大多不具备发号施令的行政事务能力。

1953年10月由于当年面粉生产紧张，北京市不得不对面粉供应有了新的限制。在新规定中，出于体力和脑力劳动之别，对工人每月供应面粉18斤，对教授只给12斤。党内高层担心教授们不易接受，会有许多牢骚话。10月30日上午北大党委召开干部会议，希望做通与会的系主任、教授们的思想工作，也期望不要听到太多的怪话。没想到，主任、学者们的意见基本上持拥护、理解的态度，一句埋怨的话都没有流露，让原本紧张的北大党委诸位负责干部长舒一口气。

学者向达在会上说："我们不是没有粮食，而是保证大家都有饭吃。过去粮食分配不合理，穷人没饭吃。关于面粉问题，政府想了很多办法。今天政府关于面粉的决定很正确，可以刺激农民生产量的提高。向苏联领要面粉不行，咱们要机器，向澳洲买也不行。昨天小组会上讨论时大家谈到过去在国民党时吃美国面都感到难过，因为我们是以农立国，我们应该自己想办法。"汤用彤紧接着说道："目前关于面粉问题决定不是说我们粮食有什么问题，1952年全国粮食产量是往年产量的最高峰，今年至少不比去年少，不但没有问题，而且还有剩余去换战略物资。面粉产量比以前增加，是因为过去大家的习惯看法认为吃细粮生活水平高，所以细粮不够多，这不是说粮食有什么问题，而应从积极方面看，它是社会主义改造的一部分，是最好的事情，是国家往前进的问题。昨天1700多人一致拥护，而且提了一些建设性的意见，可以看到人民觉悟的提高。"（见1953年10月30日北大党委会《北大教授情况反映》）

原本面粉短缺所造成的市场困顿，被思想进步的教授们一说开，往往被披上迷惑、闪烁的光环，无视了面粉供应困难的实情。汤用彤说到粮食生产无问题、细粮增减的缘由，竟归之于国家向前进、社会主义改造、人民觉悟的提高，人为地拔高到概念性的思想高度，不知是上级的授意还是自己的念头？

汤用彤回到家后，就决定每天早晨要吃一顿粗粮，并且向爱人讲增产节约的道理。1953年11月6日市高校党委会出了名为《各校教授对面粉计划供应的反映》的一期简报，汤的这一细节被记录到简报

1951年9月,毛泽东签发中央人民政府任命通知书,任命汤用彤为北京大学副校长

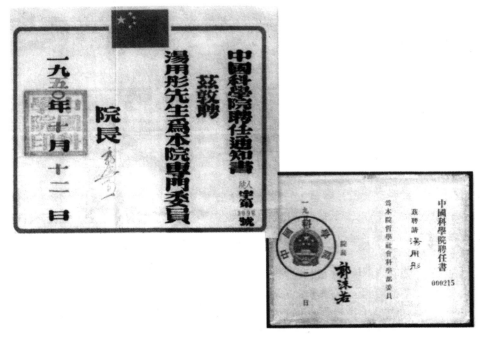

1950年,汤用彤被聘为中国科学院专门委员。1955年,被聘为中国科学院哲学社会科学部委员

中，当作"积极宣传执行"的先进典型言行登在该期首页。

检索那几年学者们对政治问题的表态，可以发现汤用彤一向说得较为诚恳、谨慎，基本表达了一种昂扬向上、乐观其成的进步倾向。譬如1954年6月报刊公布宪法草案，其中不少立意和框架还是颇让汤用彤等学人们感到欣慰。

> 北大汤用彤副校长说："宪法草案的公布是中国人民历史上的一件大事，是值得高兴的。有了自己的政权，才有这样的宪法，我们的宪法是革命的结果，不折不扣的人民的宪法，超过了过去人们的梦想，对流血牺牲的先烈们也是很大的安慰。"（见1954年6月16日高校党委《宪法草案公布后高等学校师生的反映》）

汤用彤称赞草案有一种"意想不到的好"，整段发言虽为人们熟悉的套话模式，革命性强，但带有自然而然的喜悦之情，反映了相当多知识分子认同和迎合的心声。

二

在繁杂、高压的政治运动之下，汤用彤50年代前期的人生轨迹还是不断呈现萎缩的特点，说话变得愈来愈小心。1954年批判胡适思想运动声势浩大地展开，他深感关联就愈加万分谨慎。研究古典的一些学者对考证问题一筹莫展，不知如何应对？旧日学生、北大哲学系副教授任继愈悄悄地跑来问："对考证怎么看？"汤用彤听后未说什么，只是轻轻地反问一句："苏联对考证怎样看？"答案还是无处所求。（见1954年11月11日高校党委简报《讨论红楼梦问题的党内外思想情况》）

在涉及具体政治问题讨论时，汤用彤在公开场合一般附和较多，不爱挑头引话题，不好把握时就爱说一些模糊性的言语。1953年10月4日晚上，北大党委书记兼副校长江隆基在临湖轩召开系主任座谈会，讨论如何贯彻教育部综合大会精神。谈及对资产阶级文化的态度问题、宣传分寸，说深说浅，主持人江隆基颇感为难，几番向到会者询问。到会的主任们鉴于以往政治运动的压迫感，生怕又站到资产阶级文化的老路上去，怕给人"改造不好"的印象，发言时就竭力往教育部的文件精神上靠拢，有时还特别说一些有意味的"反话"。譬如，季羡林说："可能有人弹冠相庆，好了，有出头日子了。"金岳霖也说："若搞成'又可以研究资产阶级文化了'，是不行的。"汤用彤此刻接了一句："一提取精华去糟粕，可能都变成精华了。"（见1953年10月《北大系主任座谈如何贯彻综合大会会议的情况整理》）北大党委编写简报者认为发言者均有"怕惹麻烦、怕困难"的思想，畏缩不前，担心言语不慎招来烦恼。

在适宜的场合，汤用彤也有说真心话、敢于担当的时候。1952年院系调整时，教育部撤并国内高校几个哲学系，把重要的师资力量硬性集中调到北大等校，不料矛盾滋生，人际关系、教学冲突日显，有全国影响力的哲学教授强迫笼络在一个单位，反而宛若一盘无法收拾的散沙。作为北大哲学系资深老人，汤用彤对其中的不良效果是有所体会的。1953年11月教育部综合大学会议上，他大胆提到师资调整存在的弊端："北大哲学系集中了全国六个系的教师，但并没有考虑如何发挥那些人的作用，只是把他们放在一个地方就算了。"严仁庚副教务长补充说："有些教师感到冷落，情绪波动，我们甚至怀疑到政府对他们的政策，如有人说，'是不是说是一套，做是一套，怎么没有人理我们呢？'"涉及新政权的教育制度层面，直接面对院系调整活动的众多主事者,这种批评是尖锐的,多少透着一种不满和无奈。

教育部一黄姓副部长在报告中正面说到接受遗产的问题,张景钺教授在小组会讨论中高调表示,对于旧教师说来,还是应将资产阶级思想打碎了再建新的好。而在同一场合,汤用彤回应说:"文件中提资产阶级陈腐的一面,现在看来是否不恰当。"(见1953年11月高校党委《综合大学会议简报中有关北大情况摘录》)他表达清晰,反问也有力度。市高校党委会工作人员在编写简报中,在记录原稿中敏锐地发现汤用彤此次发言的异样点,——摘录在简报之中,相反汤所说的不少套话、官话则不被采纳到简报中。

在严酷的运动环境中,身居学校高位的汤用彤还是惜墨如金,张

汤用彤(右一)、马寅初(右二)、江隆基(右五)和苏联专家在北大未名湖畔

口三思。波及自身学术研究，一谈到政治性话题依然低调回避。他曾经认为空宗与有宗是有不同之处，甚至从材料中发现有宗里面具有唯物主义的因素；但始终不敢贸然提出这个说法，直到有一次苏联专家提到有宗的积极政治意义，他听后如释重负，才敢表露自己的真实观点。1957年4月北大召开中国哲学史座谈会，病后的汤用彤发言时说着说着就讲述了自己的这一心曲，颇得与会者的理解和共鸣。他的表述是极为简洁的："有宗里面有唯物主义的因素，但想到它是宗教，就不敢提出来。现在苏联提出了，我才敢说。"（见1957年4月《北京大学中国哲学史座谈会的工作总结（草稿）》）

这是在反右之前鸣放时期难得的一次吐露，寥寥数语却道尽学术的探索之难。两个月后开始反右，病中老人惊愕之中已无力应付外界的风雨侵扰，只能顺势封闭自己的心扉，保持一种静穆的休养状态。

三

1954年初冬批判胡适思想运动全面铺开，斗争意味方浓，汤用彤却于11月13日晚突然中风患病。这构成当年教育界一件影响颇大、议论较多的焦点事件，稍稍搅乱政治运动行进的走向和速度。

汤用彤平日血压较高，但几年间无大妨碍。自从《人民日报》刊登展开批判胡适思想的社论，汤用彤看后比较紧张，因为在过去"三反"运动时曾有人指责他与胡适关系密切，"两人引为知己"，治学一直沿用胡适考据那一套。他自然比别人更多一层忧虑和戒备，不知道运动未来的底线在哪里。人们注意到，表情不安的汤老曾接连几天到哲学系资料室看旧日藏书《胡适文存》，翻阅时一言不发；参加中文系讨论《红楼梦》的座谈会，自始至终仔细地记下别人的发言。同时还很坚持地催促哲学系召开座谈会。

汤用彤曾找自己的学生、哲学系副教授任继愈，提议一起合作写批判胡适思想的文章，因为任继愈被校党委视为追求进步的青年教员，其上进的思想状态屡次被表扬，汤用彤感到与他合写文章比较放心。但仅过了几天，汤用彤思虑再三，又改变了主意，他对任说："看来这是一次比'三反'思想改造更深刻的思想改造运动，我们还是应当各人搞各人的。"北大党委来人了解情况，任继愈谈到汤老的这一变化，并担心地表示："批判政治问题对这些老教授还没什么，但一搞学术问题，这是旧知识分子的本钱，就紧张了，这当中思想情绪的变化也会比较大的，希望领导派人下来，就像搞总路线时派干部到农村一样。"（见1954年11月18日高等学校动态简报第20期《北大副校长汤用彤患病情况》）

11月13日出事的那天下午，原本有两个会议可供汤用彤选择其一：一是《人民日报》社召开批判胡适思想座谈会，二是北大举行苏联文化部赠送洛蒙诺索夫大理石像授礼大会。哲学系主任郑昕预感到批判会的火药味，好意地劝他不要去参加《人民日报》座谈会，但他执意要去报社，生硬地说出一句："不去要受批评的。"去了后他抢先第一个发言，而且是激烈地批判考据的方法，认为是"毫无用处"。知情者颇觉诧异，因为这一反他平日的看法和学术作风。他发言时有较大的火气，激动难抑，以致主持会议的《人民日报》总编辑邓拓在做小结时委婉地说明"考据还是有作用的"，希望平复汤的情绪。

在这次会上还出现一个小插曲，北师大教授马特借机批评了《光明日报》的"哲学研究"版面，该版主要编者均为北大哲学系教授，他们实际参与了审稿工作。马特的斗争语气让在场的北大的汤用彤、金岳霖、任继愈等人感到有些慌乱，不知如何应对。当然马特也说你们与胡适思想有所不同，但突然间的发难加重了会场紧张的气氛。金岳霖事后说："马特发言时我的心直跳。"一向沉稳的金岳霖尚且坐立不安，心事颇重的汤用彤当时心里的不快和不安也是可以想象到的。任继愈后来告诉北大党委人士，他在会场上还自我安慰："我与胡适的思想不一样就是不一样，也没什么的。"但实际上还是被压抑气氛所传染，发言已词不达意。

会上会下汤用彤似乎都难以静下心来，纠结一团。回家后意犹未尽，对家人说："你们都有胡适的思想，都应该拿出来批判，你们都是大胆地假设我有高血压症，就小心地求证我有高血压。"他用胡适的句式反复提及高血压，没想到他躺下后不久家人就发现口歪、昏睡等早期中风症状。14日一早送协和医院检查，大夫判断血管阻塞，15日进一步做脊椎穿刺发现脑溢血。在北京医院工作的苏联专家赶来会诊后表示病况危险，不容乐观。只有京城名中医施今墨摸脉后认为尚可挽救。北大校、系党政负责人江隆基、史梦兰、程贤策及马寅初校长赶来探视，汤用彤已是昏迷不醒。校方派校长办公室秘书高望之及护士一人专门看护。市委统战部特别关照协和医院党委多加照顾。（见1954年11月16日高等学校动态简报19期《北大副校长汤用彤患病情况》）

事发后，哲学系主任郑昕颇为自责，他曾鼓励汤老在运动初期起一个带头的作用。他后悔不迭地说："搞学术问题从'三反'时就紧张，对汤老照顾不够。"他叮嘱系里年轻党员负责人汪子嵩："对外不要说汤是因思想生病。"汪子嵩也内疚地表示："前几天汤用彤就比较紧张，是我们没照顾到。"

围绕汤老的突然患病及长达一个月的昏睡，议论声四起，多有埋怨、不解之意,这恰是高校主政者所担心的。从11月16日到12月中旬市高校党委《动态简报》编写组持续选登部分教授的意见,一些教授谈别的事情顺便也表达了对汤老生病的关注。其中有:北大邵循正教授对王宪钧教授说:"汤老的病大概是批判胡适搞出来的吧。"中文系教授章廷谦(川岛)认为:"汤老头子的病还不是这个(指批胡适)搞的。"他还说俞平伯挨批是"要糟糕",同汤老生病之事一并而论,简报中称之是"言下有无限同情之意"。哲学系教授贺麟说:"汤老血压高已很久了,开人代会时受了累,回来还听专家的课,这一周就在闹头疼。他这次犯病不是什么偶然的事。"金岳霖教授对汤的重病表

1956年国庆,汤用彤与亲友在燕南园58号院内合影。后排左一至四:汤一玄(三子)、汤一介(次子)、张敬平(夫人)、汤用彤。前排左一为乐黛云、左二为汤丹(孙女)

示惊奇,只是说了一句感伤的话:"不是老之将至,而是老之已至。"

了解内情的校长办公室副主任、党员尹企卓向校党委反映说:"汤老生病固然与开人民代表大会受了累有关系,但主要是因为开展学术批判,所以个别交代政策很必要。"汤的重病导致北大党内对思想运动的开展一时有了畏缩的举动,不知如何组织下一步的斗争步骤?譬如哲学系教师支部提出,党内感觉在学术斗争中没有力量,开展起来问题复杂,目前如何搞法还不明确。除批判胡适思想外,冯友兰也有许多问题,搞不搞?教授一般不大会联系自己,我们是不是要揭发一些东西?

看到汤老身陷的境遇,北大中文系助教、汤用彤大儿媳乐黛云百感交集,诚恳地对组织表示:"思想斗争对这些老头如何掌握是个问题。"(见1955年11月18日高校党委动态简报第18期)乐黛云是一个入党不久的新党员,思想上进,对政治运动的激烈和曲折体会得并不深入,经历此番折腾之后她的表态应是家属较为真切的一种实感,一种期待。

四

1955年、1956年汤用彤在病床上慢慢地与病魔抗争,身体有所见好。大病一场后,他逐渐与行政、教学工作脱身,很少在公众场合出现,也因此幸运地躲开反右、"双反"运动的侵袭。在那之后的高校官方文件中鲜有他的名字出现,因思想重负而致重病的风波渐渐也被人淡化。

有关汤老的几件事情却还是在文件中闪现,夹杂着一丝丝不愉快和无法排遣的郁闷。这表明他哪怕处于边缘化,其心境还是难免为外界所困扰。

1958年北大在"双反"运动之后，全校陷于教育革命的狂热之中，一切事务工作都以革命化为首要标准。对于高级知识分子的偏见和平均主义的追求，校方在群众发动之后就对所谓的教授不公待遇问题施以重拳，其一就是扣除部分病假教授的薪金。汤用彤首当其冲，从1958年9月起薪金被扣30%，原薪为395元，扣103.5元和其他费用，只发214.5元。汤用彤正处于休养之中，需要营养补贴、护工帮助，家中人口较多，开销较大，减除三分之一的工资，无疑造成大家庭日常生活一定的被动。汤颇感不满，说了一句"没想到"，别的便没有再多说什么。

1959年5月后，市委大学部、统战部相互间不断探讨，深感扣减病假教授的工资不妥，6月中旬两部门商议后拟出《关于高等学校教授病假期间生活待遇的请示报告》，上报市委请求批准，内中提道："党对他们的政策是高薪赎买，扣减一部分教授的薪金，不利于调动他们的积极因素。一般不扣，对于已扣的薪金也应如数退还。"报告中还特别提到，汤用彤1954年患脑充血，不能到校上课，此次被扣工资他深感不满。市委文教书记邓拓对此批示："对于教授情况必须区别对待，一般不应采取扣减工资的办法，务请迅速妥善处理。"

没想到的是，此事遭到北大党委的强硬抵制。市委统战部部长廖沫沙在一个周末的晚上特意把市委大学部干部朱传朴找去，详细了解北大扣薪教授的情况，明确指出北大党委是在"顶牛"，提出要研究出几条道理逐条驳倒北大的意见，向北大干部做些说服教育工作，使他们思想搞通，不要简单生硬地贯彻市委书记的精神。（见1959年6月15日《市委大学部朱传朴致市委宣传部长杨述信

函》)

在扣减病假教授工资一事上，康生、中央高教部、市委大学部、统战部都在不断催促北大处理，领导部门一次又一次地查问，并且下来调查，给校方压力很大。但北大方面固执地坚持己见，北大党委统战部副部长赵国栋说："这些教授一点工作不做，就一般不扣，说不过去。邓拓同志这个意见和国务院的规定有抵触。"中国医学科学院干部处处长李震附和说，下边群众反映教授不要再搞特殊了，大家都扣他们却不扣，又要翘尾巴。他们原来就思想不纯，一批判就去休养了，对他们过分照顾不好。

他们向上表态说：不赞成把已扣的薪金退还，也不赞成道歉。我们执行国务院规定并没有错，要认错高教部去认去。参加市里座谈会的五家高校领导干部中，只有北医张思齐一人表示完全同意一般不扣的原则。市里感觉高校领导干部在此问题"思想上的抵触还很大"，难以做通说服工作。

市委方面再次施压，通过召开座谈会的方式迫使北大有所让步。代表北大出席会议的赵国栋只好委婉地表示，对病休教授中有些专长的，只要多少能做一点工作的，就不算他病假发全薪，如汤用彤、张颐。但赵最后坚持住一点：至于完全不能工作的教授，就按办法扣，扣多少，可以酌情研究。赵表态说，这样对群众说得过去，执行了国务院的规定，对调动积极因素也有利。(见1959年6月23日市委大学部《人大、北大、农大、北医、医学研究院座谈病休教授扣减薪金问题的情况》)

6月25日北大党委正式向市委报告："初步考虑，汤用彤可以在家中指导他的儿子、哲学系教员汤一介学习中国佛学史、印度哲学和魏晋玄学，其原工资可以照发。"实际上汤一介1956年从市委党校哲学教研室调回北大哲学系,就是作为父亲的助手,准备让他学习和继承父亲的专长。北大校方只不过由此为自己找到一个下台阶的借口。

扣减工资风波刚平息,到了年底正逢反右倾运动高潮之际,汤一介又因父亲之故作为运动重点遭到整肃。哲学系反右倾批判小组认为汤一介对父亲汤用彤的进步作了过高估计,竟认为父亲已经合乎党员条件,可以吸收入党,对父亲的资产阶级虚伪的"清高""正直"的作风认识不清。最让批判者不能忍受的是,汤一介居然主张以汤用彤所专长的"魏晋时期哲学"作为北大哲学系的研究方向,甚至认为北大的历史、文学研究都应以这个时期为重点。

批判者还强调,汤一介作为哲学系秘书,对待资产阶级教授有着

晚年的汤用彤与小孙子在院子里对话

严重的错误估计,称赞他们搞的哲学史既有材料又有观点,甚至让反动的唯心主义哲学家贺麟在党的生日作《保卫马克思主义理论基础》的报告会,实际是忽视资产阶级教授的阶级本质和崇拜资产阶级社会科学的右倾思想。在深入批判的过程中,有人还揭出汤一介有许多修正主义理论,如认为生产关系中的矛盾将逐渐以全民所有制和集体所有制的矛盾为主要形式,社会主义所有制和资本主义所有制的矛盾则不太重要了。

这种批判是蕴藏着杀机的。看上去是对着汤一介,实质上也像是对病中的汤用彤"隔空"批判,会议中不时有人提及未到会的汤用彤的学术问题,寥寥数语,说得刺耳。简报中是用这样言语来表述的:"会上列举事实具体分析汤用彤的资产阶级教授的本质。"汤一介实际上是代父受过,承揽病中父亲的重负。有人在会上甚至说了这样很重的话:"汤一介同志不是党在汤用彤家里的代表,而是汤用彤在党内的代言人。"(见市委大学部1959年12月1日《北大反右倾斗争思想工作细致深入,效果很好》)看到这样的批判阵势,三十出头、思想单纯的汤一介先生不知回家该如何面对卧病在床的老父亲。

时光在缓慢地流逝,所有的斗争伤痛总是揭了褪,褪了又揭,再留个时间慢性缓冲。1962年8月困难时期,官方强力动员非城市人口返乡,教授家的保姆成为动员对象之一。北大燕南园、燕东园两处教授58户中,就有37名保姆登记在案,其中来自农村的22名按市里规定要离开城市返回原籍。北大校方汇报说,老教授对保姆还乡多半未表示态度,少数人同意让走,但也有些人不同意她们走,汤用彤就是明显一例。汤的家中有两个保姆,其中一个保姆在汤家九年多,除了照料行动不便的老人,还需照看幼小的孙子。还挂着副校长一职的汤用彤向北大恳切地提出,考虑到家中的需用,希望

北大能破例为他家留下一个保姆。(见1962年8月1日大学部《情况简报》第76期《清华、北大老教师对保姆还乡的反映》)

  1964年5月1日汤用彤去世，这个企求是他晚年能提出的不多的意见之一，或许也是官方文件中留存他个人事务的最后一丝信息。

贺麟

贺麟，1902年9月20日出生于四川省金堂县。1919年考入清华学堂，1926年赴美留学，1929年获哈佛大学哲学硕士学位，转赴德国柏林大学专攻德国古典哲学。1931年任教北京大学哲学系，1937年南迁执教西南联大哲学心理系。1947年任北大训导长，保护了不少进步学生。1950年随北京大学土改团到陕西省长安县、江西省泰和县参加土地改革工作。1955年，由北京大学调至中国科学院哲学社会科学部哲学研究所，任西方哲学史组组长，研究室主任，一级研究员。翻译出版黑格尔、斯宾诺莎等经典专著。1964年当选全国政协委员。1981年后任中华全国外国哲学史学会名誉会长、西洋哲学名著研究编译会名誉会长。1992年9月23日病逝，享年90岁。

贺麟：转型时代的落魄和转机

一

1954年、1955年，在北京大学党组织内部评价中，哲学系知名教授贺麟算是一个有政治污点的资产阶级唯心论代表人物。他的最明显的罪证是在20世纪40年代写过一本《当代中国哲学》，被认为是"无耻地为蒋介石捧场"，因为书中称蒋的"力行哲学"为中国正统哲学的"集大成者"，并认定贺抗战期间与蒋匪直接勾结。

据北大党组织收集的材料称，1926年贺麟在清华学堂毕业后，即赴美国、德国留学，后一直在西南联大、北大任教职，一度获北大训导长一职，1943年由朱家骅介绍加入国民党，并出任三青团中央评议员、伪国大代表。尤其被记上一笔的是，他曾给蒋介石上万言书，在文化剿共方面献策，受蒋介石八次召见。

这种罪名在当时是不可获谅的，"三反""五反"思想改造运动的积极分子、进步群众会为之"不齿"的，贺麟为此所受的围攻程度是剧烈的。早在1950年4月就因此被管制，直至1952年6月才被解除。有意思的是，贺麟保留了旧派学人的处事惯例，50年代初期一直称蒋介石为"蒋先生"，不忘过去的旧恩，更加重了群众愤恨的斗争情绪。

"三反"前贺麟被安排参加土改，"三反"时被迫坦白自己有侵吞公款行为（从目前所存的开放档案中无法得知"侵吞"的具体详情），并在思想改造运动高潮之中表示愿意站在人民的立场上，最后交出了他过去为蒋介石献策、建议进行"文化围剿"的万言书底稿。

他在上交万言书后做了一番检讨，其中鲜明地表态："我现在要骂蒋介石是匪了。"此举明显减弱了斗争火力，哲学系教员党支部甚至由此认为贺麟在政治上开始转向，有了向党靠拢的上进态度。

从学理上来说，教员党支部认定贺麟所学的是最反动的"新黑格尔"学派，即黑格尔哲学的右派。1954年贺麟写"哲学史讲稿"的黑格尔部分，一直坚持说"黑格尔的辩证法完全是革命的科学"，摘引了马克思恩格斯的论述来说明马、恩是高度评价黑格尔的，相反苏联哲学界对黑格尔评价"过低"、"与马、恩意思不合"，是"错误的"。哲学系为此召开多次会议与他辩论，重压之下他被迫修改自己的看法，说自己"立场不稳"，看问题错了。教员党支部事后向上级分析说，他其实并没有解决思想问题，只是暂时逃避。

1954年展开大规模的批判胡适、俞平伯思想运动之后，贺麟一下子陷入沉闷之中，很长一段时间表现得相当谨慎。他几次私下里问同事：现在这个运动的目的是什么？是不是要清除一些什么思想？这一次是不是每个人都要表明一下态度？11月18日北大党委派人询问，他答称："要好好想想再说。"他想了想，先回答了一点："北大哲学系过去与胡适不是一派，常受胡适排挤。"又说："俞平伯受胡适影响小，受周作人影响大，讲究趣味、闲情，不喜欢读政治书籍，弄不清为什么要从俞平伯这儿批判胡适思想。"（见1954年11月22日《北大教授动态反映》）这样回答自然不让党委满意，给人"思想认识糊涂"的印象。

不久北大副校长、党委书记江隆基对校内的一些老教授交代政策，鼓励他们多多参与思想运动。贺麟有所触动，应景写了一篇批判胡适的文章，只笼统地批评胡适把"哲学说成坏的科学"，要取消哲学。而他自己是站在"哲学"、"主义"的立场来批评胡适，文中对自己的过去言论并没有涉及，也就是说没有一点自我批判。写完后给系里的几个党员教员看了一下，他不等回应就寄到《人民日报》。有趣的是，《人民日报》理论部年轻编辑王若水等人收到稿件后，约贺麟谈了多次，提出了具体的改动意见。王若水在贺寄来的修改稿的基础上又亲自动笔润色，大大强化了斗争性，基本上替换掉了贺麟原稿的面貌。

这份阴差阳错式的修改稿很快得以在中国第一大党报上发表，江隆基副校长为此在校委会上特地对该文表扬了一句，让失意许久的贺麟惊喜万分。教员党支部事后评论道，贺麟觉得因此"有了地位了"，态度也变得更为积极。他甚至私底下有了这样表露："虽然他们批评我，但是《人民日报》发表我的文章，我的地位并不因此受到什么影响。"

二

1954年中国科学院连续多次举办了批判胡适哲学思想的讨论会，事先主办者都邀请贺麟发言，他大都很快答应下来，一共在会上讲话四五次。但是他的发言中一涉及黑格尔、杜威等人，就立即受到别人的驳斥。有一次他强调胡适与杜威的不同，竭力表示实用主义的哲学与其他唯心论哲学是有所差异的，在场的马列学院年轻教员孙定国站起来一一反驳。还有一回发言中贺麟竟说胡适与曾国藩在政治上都反动，但"他们的文章、道德不坏"，所以能迷惑人。此说一出，更是引来一群人愤怒的反击，容不得贺麟回一句嘴。

屡次受批评回来，他的挫折感愈加强烈，后悔自己不该发言，有自取其辱之意。他说:"我太太原来要我少说话的。"因为会上批评他的多是马列学院的中共党员教员,他又害怕地想到:"我与马列学院对立,是不是就是与党对立?我再也不发言了。"教员党支部为此暗地里动员一些进步群众向他解释,说明学术批评的意义,后来他又在会上发言,但同样再遭驳斥,回来后"又闹几天情绪"(党支部评价语)。

3月中旬哲学系自己举办一场学术讨论会,贺麟一上台发言就大讲胡适不行,但杜威是好的,甚至大段阐述杜威的宗教观念。哲学系党组织负责人、哲学组教员汪子嵩批评他发言不当,他又显得很慌乱,当晚就跑去找江隆基副校长,嗫嚅半天,只是说自己"准备不够"。他与汪子嵩私下沟通时,说有许多问题依旧想不通。

贺麟愁闷之下,主动约了系里两个党员、四个进步群众来家中漫谈,一谈就是五个小时。这六个人均是他以往的学生,他诚恳地说:"我有许多问题想不通,所以想找你们谈谈。"因为是在私下场合,他可以畅达地述说,而学生们此时只是被动地旁听,因而没有了让他心有余悸的火药味场面。

他在这次家中叙谈里直率地暴露了一些思想问题,事后这些思想疙瘩都出现在1955年5月14日教员党支部向上级汇报之中:

贺麟说:"现在批判唯心论,可是把唯心论说得都是那么坏,这是不对的,不策略的。"他的解释:"要打倒敌人,总是要从敌人那里取得胜利品。现在你将它说得那么坏,就不能从它那里取得好的东西。"(1954年上半年他讲过:"你们将黑格尔说得那么坏,这是从'右'面批判黑格尔;我是引你们去看黑格尔哲学这座宝殿,你看这么多珍珠宝贝,你来取吧。这是从'左'面批判黑格尔。")

唯心论有什么好处呢?他说:"胡适无论如何,你总得承认他在几年内写了几百万字,这样精神总值得我们学习吧。"关于杜威,他说:"美国能有个杜威这样的哲学家,真了不起。如果没有杜威,美国的文明更可悲了。""我只听过杜威的课,和他不熟。但我知道,美国的哲学家,无论同意或不同意他,都非常尊重他。""斯大林说的:俄国人的理想,要加上美国人的实事精神就好了。美国人的实事(求是)精神,就一定表现在美国的国家哲学、杜威的身上。"

他的总意见是:"我总觉得唯心论的好处太多,所以我每次动笔写批判唯心论的文章,写来写去,就写不下去。因此怀疑,现在这样批评是不是有问题。"他还讲:"唯心论讲经验,我只能知道经验的东西,这不是实事求是吗?"同志们和他谈唯心论的危害时,他说:"唯心论有三种,一种是康德、黑格尔的唯心论,那是好东西多得很呢(他又引马、恩的一些话说黑格尔是好的);一种是实用主义,胡适的,那不好;还有第三种是教条主义的。"他在背后说:"这种教条主义的唯心论,汪子嵩他们比我多得多……"

他在这次延至深夜的漫谈中,曾多次重复这样的话:"我想不清楚,希望你们帮助我。"过后又会热切地补充一句:"我知道你们是愿意帮助我的。"其态度的诚恳、坦率给在场的旧日学生们留下很深的印象。

1955年市高校党委动态简报第76期中,对贺麟的表述有一个较为集中的归纳:"贺麟教授说,'杜威总比胡适高明。美国的求实精神和杜威的实用主义有关,而斯大林还说布尔什维克工作作风是俄国的革命胆略和美国求实精神的结合,你们不要把唯心论里好的东西否定了。'"这种观点颇让当政者恼火和无奈,视为贺麟落后、混乱思想的证据之一。

三

1952年院系调整后两年来，北大哲学系曾举行过三次比较大规模的对资产阶级哲学批判的讨论会，第一次是1953年上半年举行的冯友兰的"对过去学术工作的检讨"，第二次是1954年5月展开的郑昕的"康德哲学批判"。这两次讨论会准备仓促，与"三反"思想改造运动的激烈做法有些类似，因而"学术讨论的气氛比较弱，有些意见提得很猛很尖锐，冯友兰认为有些发言是对他的打击，一年多来对一些同志有点怀恨在心。"（见哲学系支部1954年9月9日总结）

在前两次存在显著缺点的情况下，第三次讨论会（即1954年6月、7月间举行的贺麟的"黑格尔哲学批判"）就开得格外慎重，力求避免陷入前两次斗争粗鲁、相互不服的境况。

贺麟维护黑格尔的态度是十分坚定的，这种顽固的坚持甚至使批判者感到诧异。他坚持认为苏联负责意识形态的领导人日丹诺夫及哲学界对黑格尔哲学评价过低，与马、恩意见是不一致的。他说了这样"狂妄"的话："我看黑格尔的书比他们（指苏联哲学家）多些，了解也比他们多些。"他一度所作的发言给人这样的印象："你们不懂黑格尔，只有我懂。"在教研室讨论西方哲学史讲稿时，一些教员提出苏联专家是如何讲法时，他便说这些年轻人："你们只会搬这几句教条。"

在教研室小会上，他有时会忍不住地说道："现在批评的文章太简单化。现在有些人什么书都没有看过，只要有立场，就可以批评人，像我们念了许多书，说一句话都要受人批判。"他还不只一次说过这样不服气的话："一句马克思说过的话，别人引用就对了，我一引用就错了。""一句话，别人说就对了，我说就错了。总是我立场不对。"

他认真之时，甚至会从总体来驳斥、质疑对方："中国过去哲学界受唯心论的影响不多，主要是受形而上学的影响。我怀疑现在为什么用唯物论来反对唯心论，而不用辩证法来反对形而上学。"他与别的旧式教授不同的是，擅长搬用马恩列斯的原话来证明他的理论，这次又拿出大段列宁的论述来论证自己的正确性。（见1955年5月14日市高校党委办公室动态简报第94期《北大哲学系贺麟教授在开展批判资产阶级唯心论以来的情况》）

有意味的是，在凌厉的批判风潮中，贺麟还是把自己与系里的老同事、哲学教授金岳霖、冯友兰分开了，他所言的"中国哲学界"是实指金、冯二位，认为他们的学术观点是形而上学，而自己讲的是辩证法。但哲学系支部上报的材料中，把贺麟所涉及的辩证法的提法全部打上引号，不予以政治上的正面承认。

鉴于前两次主题批判活动的负面效果过大，对贺麟的批判如何展开、如何具备学术色彩？哲学系党组织确定了几条原则，就是会前酝酿要比较充分，对贺麟的思想动态要掌握比较充足，采取鼓励与批评相结合的讨论方式，等等。党支部竭力要减压，但在实际操作中气氛都会骤然上升。如在教研室讨论讲稿，很容易就形成一边倒的趋势，往往造成贺麟孤军奋战的局面。

保存至今的哲学系教员支部材料中，有一份总结报告记载了双方交锋的片断场景，使后人有机会领略当年咄咄逼人、牵强附会、强词夺理的扭曲氛围：

我们和贺麟辩驳，问他如何解释杜威为战争贩子服务的事，他说："那是杜威老了，糊涂了，受人包围之故。"我们问他："你自己过去替蒋介石捧场，能不能说是受人包围？你为什么要把杜威说得比你自己好呢？"他呆了一会儿说："不能这样说。"

他最后承认:"我总觉得,凡是哲学史上有名的哲学家,我们最好是将他说得好点,不要说得太坏了。杜威研究哲学几十年,是一个学者,我们总不能不尊重他。"(见1954年5月14日北大哲学系教员支部《贺麟教授在开展批判资产阶级唯心论以来的情况》)

他的所谓历史污点问题时常在学术会上被年轻党团员拿来问责,这往往使入迷哲学世界的贺麟被打了一闷棍,措手不及之时显得无力和卑微。他为杜威最后的辩诬,实际上也是想为自己争得一点点的学术尊严。

四

在教研室、民盟小组讨论时,贺麟可以坚持己见,一人与众人论战,他在不服输之时心里也会嘀咕:"是不是又要整我一下?"但他依旧保留自己的看法,求得大家的说服。可是学生们在听课之后,向他提出鲜明的反对意见,指责他的讲课内容多有许多明显的错误,学生的举动反而让他害怕不已。学生在过去一两年思想改造运动中所展现出的思想小风暴,足以让老教员羞愧难当。

当时苏联哲学专家在人民大学讲授德国唯心主义课程,已印出部分讲稿,被教育口领导奉为"正本"。为保险起见,贺麟无奈地接受教研室领导的意见,干脆停课两星期,一切教学论点都按照苏联专家的提法重新修改。不管内心同意与否,只能照着苏联专家的提法在课堂上宣读一遍。

课堂教学问题解决了,贺麟的不情愿也是很明显的,他依旧承认自己在讲课时有些"小错误",对基本见解仍认为自己是对的。他专程去了一趟中央党校，将讲课原稿送给党内资深理论家艾思奇阅看，艾认为他对黑格尔哲学的看法比三年前他在中国哲学会座谈会上谈的是有很大进步的，但也指出一些缺点。贺麟迷惑了，也不知自己的看法哪些是对的，哪些是错的，情急之下，他提出愿意把他的看法对全系教师报告出来，让大家来讨论。

系教员支部马上抓住这个难得的机遇，以"帮助提高"的名义，先将贺麟的讲稿油印发给全体教师，以大小会结合的形式，对讲稿评头论足。为了避免先前的过火和粗鲁，支部确定了一个教育程序：先指出贺麟之所以有这样不正确的看法是因为自己有黑格尔的包袱，然后再说他将学术与政治脱离，所以才会全面夸大黑格尔的"贡献"。

教员党支部自认为对贺麟进行相当尖锐的思想批评，但批评是通过学术讨论的方式来操作的。党支部在总结报告中这样回顾到："会场的气氛就不像对冯友兰批评时那样严肃紧张，而是比较轻松的。在贺麟家里开的小会，贺麟还准备了点心啤酒招待，'坐而论道'。"（见1954年9月9日《哲学系支部对贺麟关于黑格尔哲学的学术思想批判工作总结》）

让党支部欣喜的是，经过这么折腾，贺麟自认为对问题的看法有进步了，他甚至以这样的句式来阐述进步的程度："原来对黑格尔哲学只能'评价'，现在是可以'批判'了。"一个顽固的信徒居然说道"批判"的字义，这让系教员支部有一种相当不错的成就感。贺麟还多次主动找到党支部，说他对黑格尔哲学的批判要再继续下去，准备就黑格尔的历史哲学、法律哲学、自然哲学等方面分别写论文，研究批判。而且翻译"黑格尔哲学史"的情绪也很高，翻译的目的也是提供批判之用。

与激烈、不留情面的前一时期对冯友兰等人思想斗争相比，在压力不大的情况下，固执、沉闷的贺麟居然这样一小步就涉险过关了，而且他转型自然，在经意不经意间似乎就搭上党组织的思想主线。在以后几年哲学系党组织的内部评价中，贺麟基本上居于"中中"的位置，幸运的是他又较早离开北大这个斗争大旋涡，转到稍许安静的中国科学院哲学所。他对学术形势的判断基本上是持随遇而安的方法，比如1959年高层为缓和学术界的紧张气氛，有意借"五四"运动学术讨论名义来鼓励大跃进中挨批的学者们发言，贺麟第一天到会只是简单地观望，只是实地看到会议氛围平和，才在第二天主动要求发言。这一细节被记录到北京市委宣传部1959年7月10日上报给中央宣传部的正式报告中，认为是高级知识分子有所松动的表现。

在来势汹涌的政治浪潮之下，对新政权的思想斗争方式没有切身体会，也没有及时的应对准备，对新型的意识形态只能迎合和适应，贺麟的惶恐不安是真切和必然的。哲学系支部曾经设想过几种斗争贺麟之后的结局，双方都没想到转机是如此简单和有效。这是思想改造运动进入尾声时的幸运之事，也是学校当局仓促收拾斗争残局的不由之举。在一旁静静观察的同系哲学家金岳霖此时也找到系党支部，表示也要以贺麟的方式，热心地准备做自己的"罗素哲学批判"工作，也想借此过思想关口。

那个年代思想运动的开局总是一片肃杀，过程惨烈，结局却总是有令人料想不到的散淡、荒唐。但人与事触及灵魂深处，均有了根本之变，真正应了"物是人非"的老话。

周培源

周培源，著名流体力学家、理论物理学家、教育家和社会活动家。1902年8月28日出生于江苏省宜兴县。1919年考入清华学校，1924年保送美国芝加哥大学，1928年获美国加利福尼亚理工学院博士学位，转赴德国莱比锡大学、瑞士苏黎世高等工业学校深造。1929年被聘为清华大学物理系教授，年仅27岁。1937年任西南联合大学教授，1943年赴美国加利福尼亚理工学院进行流体力学湍流理论研究。1947年任清华大学教务长、校务委员会副主任，1952年至1981年任北京大学教务长、副校长、校长。1955年当选为中国科学院学部委员。1958年后任中国科协书记处书记、副主席、主席。20世纪80年代后任全国政协第五至第七届副主席、九三学社中央主席。1993年11月24日去世。

周培源：坚辞背后的酸辛诉说

一

20世纪50年代初期，在学界享有盛名的周培源教授出任北大教务长，没几年又担任副校长一职。关于周培源到底是否政治进步的问题，北大党委内部有两种意见，未能取得一致。有一些党员干部认为，周过去是旧大学中最好的教务长之一，靠近党，肯提意见。另一些干部则觉得他很主观，不听意见，不钻研，不动脑筋，有事问他没有意见，我们做了他又有意见。

校党委的张群玉举例说：上星期订完教学大纲，草拟的报告都是党员做的。周培源却说，党员早已一层层布置下去，自己对情况反而漆黑一团，没法提意见。周甚至颇为恼怒地表示："到底我领导你，还是你领导我？"张群玉也生气地说，周培源一有意见，我们党员就弄得非常被动。（见1953年4月12日北大党委《党团员干部会议纪录贯彻知识分子政策》）

这种隔阂在北大教学事务中几乎无处不在，强势的年轻党员干部想改造旧校园的面貌，动手能力强，又带有政治批判能力，自然容不得周培源按部就班的守成状态，时常发生冲突就在所难免。

1953年北大办了一个外国留学生中国语言专修班，周培源兼任班主任，助教大多是年轻的党团员。助教们心气颇高，看不上周培源的工作做派，有意忽略他的存在。他们一致认为"没有他反而更便利于工作"，因而一学期没有向他汇报过工作，连全班学生人数都没告诉过他，处理一些事情则直接找党委书记江隆基及高教部。有一次班里越级直接向高教部请求调一干部，高教部不准，把文件批回周培源处，不知情的周看后大发脾气，说："这事为何我不知道？"

党委只好出面协调，肯定周培源政治上是进步的，在国际上是有影响的，要使他"有职有权"，该汇报的大问题一定汇报。没想到，助教们稍一退让，周培源的态度也有所缓和，他有意主动接触助教，

20世纪40年代，周培源（后左一）与梁思成（前左四）、林徽因（前左一）、陈岱孙（后左三）、金岳霖（后左四）在昆明

碰到问题就会说:"我已看见你们的汇报了,这问题要注意,我去找谁谁谈谈。"波兰留学生文采琳不好好学习,班干部为此发愁如何帮助她提高成绩,周培源得知后就与班干部商量,在家中预备了茶点,特意请波兰同学到他家里聊天,了解学习中存在的难点,再三予以鼓励。班干部事后说,周培源的谈话真的起了作用。(见1953年5月市高校党委《北京大学贯彻团结改造知识分子政策后各系情况》)

周培源对政治问题一直贴得很近,表态尚属积极,大都说正面性的话语。1954年市人代会的主旨是开展批评与自我批评,市长彭真报告中称解决问题的态度要坚决。周培源对这种表态较为满意,认为彭真的报告"很全面""很得人心","这次会比每次代表大会都好"。谈及彭真动真格的态度,周培源颇为认同地说:"有些情况与大学很类似,大学的坏学生也要想法处理。"清华大学教授钱伟长说:"高等学校的问题也应该开会谈谈,解决解决,有同样的问题存在。"有一个细节颇有意思,钱伟长在大会发言后特意走来问好友周培源:"是不是我的话说得太重呢?"周培源忙说:"不重,不重,很好。"(见1954年市高校党委《大学教授对市代表大会反映》)

1954年冬季,高校党组织布置马列主义哲学经典著作的学习活动,首批动员北大、清华、农大、北医四所学校五十名教授参加学习,作为哲学学习的试点。大势所趋之下,到会教授都表示愿意学哲学,同意采用结合本门业务来深入钻研哲学经典著作的学习方法。北大教授张青莲、李继侗有畏难情绪,提出由于自己的政治理论基础很差,初学哲学时应强调多请人做报告,指导自学。周培源则平淡地说,首先要弄懂哲学基本原理,然后才能进一步结合业务来学习。清华钱伟长则超出一般议论,提出政治理论学习可否算入教师工作量内的问题迫使在座的高教部副部长曾昭抡表示,可以考虑将理论学习算入教师工作日内，不能算入工作量。(见1954年12月25日高等学校动态简报第43期《北大、清华、农大、北医50名教授参加学习》)涉及政治理论，周培源的表态永远是那么不愠不火，没有过多的激动，也没有一味的消沉，只是呈现了温和性格所必然带来的日常应付状态。

二

周培源并不是始终平淡行事，他也有压不住火气、放任情绪的时候。1954年9月市高校党委办公室来人调查，周培源突然说了一段分量颇重的"出格"话语："科学工作者如何发挥作用问题，至今未很好解决，几年来科学工作者虽然起了很大的作用，但是觉得发挥力量不够，英雄无用武之地，怀才不遇，心里总是很不开朗。这种感觉很普遍，觉得党没有把我们的才能肯定下来。"(见1954年9月18日市高校党委办公室《高等学校重要教授反映汇报》第五号)言辞中有曲折之意，但对人的刺激还是能感觉到的，主管市委日常工作的常务书记刘仁读到此处时还特地用钢笔在文件原件上画了长段的粗线，在"党没有把我们的才能肯定下来"此句下多画了一道。

1957年以后，北大处在政治运动的运转之中，此时尚不是中共党员的周培源插不上手。1958年北大干脆由两位年轻党委副书记兼任教务长、副教务长，工作直接布置到系总支、党员系主任，各系各处的工作统统由新教务长掌握，周培源形容为"一竿子插到底"，自己倒落得一个无事的清闲。有时参加会议，也只是听取党委布置工作，没有什么意见可提。有时党委书记兼副校长陆平找他商量大事，但因为不掌握第一线的材料，也说不出好坏的意见。

周培源感到党委具体工作抓得太多，分不清哪个是主次，哪个是原则问题。他跟陆平说，有时觉得党委抓多了，就抓不胜抓。陆平解释说："党抓政策、政治思想工作，需要通过具体工作，不然不落实。"

有一次，周培源直率地问陆平到底党政如何分工？陆平说："你应该在教学方面多讲话。"可是周培源感觉到，恰恰是在这方面往往不知道什么样该讲，什么不该讲。

1961年7月，在讨论高等学校工作条例草稿时，周培源谈及领导体制的问题时说得非常直白，直接说党委常委们根本无须去钻研学术问题，不必去下什么结论：

> 党委在学校是否就只抓方针、政策和政治思想工作，行政工作、教学工作可以交给行政去做，党委可以进行审查。党委如果把具体工作抓多了，势必很被动。北大党委，特别是常委确实很忙，很多问题他们花了时间钻研，但是看来有些问题不必去钻研，特别是一些学术问题，不必也不能作结论。（见1961年7月21日市委大学部《周培源、傅鹰等在讨论高等学校工作条例草稿时发表的意见》）

1962年2月在专门研究学校领导体制问题的会议上，周培源说话的锋芒依然锐利，单刀直入地说："知识分子管行政就要有三权：人权、财政权、发言权，过去都剥夺了。"他细致地讲解其间存在的问题："人权方面，1958年以来相当混乱。配备教研室副主任，常常不和正主任商量。如高崇寿当理化物理教研室副主任，校委会通过了，理论物理教研室主任王竹溪还不知道。我那教研室配了两个副主任，我在校委会讨论时看了名单才知道，其中一个我就认为很不合适。"

1958年以来北大党委执行严厉的教员淘汰方法，只强调政治条件而忽视业务能力，先后以各种名目把一批业务好、政治较差的教师送出北大到外单位。周培源举例说，数学系就送走三位，对教学工作有很大的损失，就不知当时怎么决定这些事的？

1958年北大理科各系仓促间从五年制改为六年制，那一年周培源因出国任务多，常不在学校，陆平没有和他细谈，实在不解为何一定要改六年制？他批评说："我怀疑是否一定要六年，这个问题校委会、教研室都没有很好谈过。"

谈及发言权，周培源只说了淡淡的两句话："发言权方面问题大，很多人不发言。"在场领导再请他说几句，他又说："任命几位副校长后，大家发言可能积极一些，但要知识分子畅所欲言，还需要做许多工作。"（见1962年2月9日大学部《情况简报》2期《北大周培源副校长对北大的领导体制和工作的一些意见》）

他建议傅鹰、魏建功、王竹溪三位新任副校长分管相关各系的教学科研工作，有意增加他们的发言权，可以深入各系摸摸情况，找老教师谈谈心，做点思想工作。学校几个处联系各系的干部，应当多与分工管该系的副校长联系挂钩。但他心里也明白，在现有领导体制下，要达到这一步各方都会勉为其难。

三

最让周培源介意的是，1958年以后的学术批判问题很大，界限不清。他特别强调，尤其1960年搞学术批判过于急躁，老教授中没有一个人赞成的。他回忆说，当时和情绪不满的黄子卿教授谈心，聊到两人都很关注的溶液理论，他希望黄教授继续把这项重要研究坚持下去，但黄子卿气呼呼地说："你算老几？党委支持，群众要搞试剂。"周培源由此感叹，党委号召，群众跟着走，知识分子有意见也就不提了。

为何不让黄子卿搞溶液理论，党委竭力鼓励群众搞试剂，这也是最让周培源焦虑的事情之一。他说，1958年北大科学研究大跃进是有成绩的，但搞的是设备、试剂等技术性工作，没搞多少基础理论的工作。

1962年2月市委大学部派人来校调查，周培源再次谈及北大科研方面的得失，指出忽视基本理论研究将造成全校实验技术水平过低的后果：

> 这几年在基本理论的研究方面没搞出多少成绩来，在基本理论研究中如何搞群众运动还没有成功的经验，还需要摸索。北大在基本理论研究方面一个很大的问题是实验技术水平太低，自然科学的研究就要求精密、准确，这方面要靠严格的训练，也要靠踏踏实实地多做工作。（见1962年2月9日大学部《情况简报》2期《北大周培源副校长对北大的领导体制和工作的一些意见》）

实际上周培源在这个争议问题上已经屡屡报警，早在1961年7月，在教育部召集重点高校部分院校长、教务长和少数教授座谈全日制大学高等学校工作条例（草案）的会议上，周培源提得最多的就是基本理论研究严重削弱的现象，但他说得比较委婉，角度适宜，没有那么刺激："几年来我们最大的收获是培养了一批能讲课的讲师，可是由于没有经过严格的科学研究训练，提高有困难，应当解放一批教师作为研究生培养。"（见1961年7月21日市委大学部《周培源、傅鹰等在讨论高等学校工作条例草稿时发表的意见》）

周培源内心里对学术批判是有很大抵触的，只是平时深藏不露，看到身边的多年好友挨斗，斗争目标也一度触及自己的理论研究，他做不到无动于衷。1962年形势缓和之时，他几次恼怒地提及当年大批判令人伤心的旧事："如对量子力学的批判就很有问题，运用了一些哲学概念,并没有能把科学问题讲清楚。对热力学的批判伤了王竹溪,当时也搞到我教的流体力学,有同学找我,硬说有的理论与实践不符,是唯心的。这个运动有些地方,做得太急躁简单,甚至粗暴。例如要唐有祺在课堂检讨十五分钟。伤了一些人,不可能一下子都解决,需要通过一些具体工作慢慢解决。"(见1962年2月9日大学部《情况简报》2期《北大周培源副校长对北大的领导体制和工作的一些意见》)批量子力学居然使用哲学概念,说流体力学是唯心,让赫赫有名的教授讲台检讨十五分钟,周培源的懊丧是很明显的。面对这种粗暴运动方式,他只能眼睁睁地看着它裂变、疯长而至烂熟。

四

周培源是学校里有名的"空中飞人",常年承担繁重的出国任务。中共看重他在世界物理学界与力学界的学术威望,他十几年来在湍流理论方面的成就颇让国外同人赞赏,具备在国外从事学术交流与和平事业的优越条件。在党内议定的范围内,他是国内科技界政治可靠、名望相当、处置得体的头几号出国人选。

出于"代表新中国的形象"这样严肃的政治托付,中共高层努力为他创造各种有利条件,迫使周培源频频地能够受邀出访,时间一长就让他苦不堪言。据市委大学部统计,截至1961年7月初,那一年周培源已出国三次:1月去印度出席新原子反应堆落成典礼,历时25天;3月,去印度出席和平理事会,会后又转去索菲亚出席世界科协编辑会议,历时23天。而7月26日又得去日本出席禁止氢武器大会,估计8月底才能回来。9月还将去瑞典参加世界科协会议。最恼人的还有,每次出国前的准备工作与事后的总结汇报所花的时间还要超过在国外的时间。

他在校外兼职高达 16 个,不少是虚职(如全国人大代表、全国政协常委、对外文协理事、中外友好协会理事等),有的却是实职,需要耽搁不少时间,譬如任全国政协文教组第三组召集人,需每月召开会议一次;任九三学社副主席兼组织部部长,每月都得到九三中央机关主持一至三次的学习会及办公会议;被选为中国科协书记处书记,平时工作不定期,但一有重要会议就得出席,如 1961 年 4 月内已参加过三周的全日工作会议。代表中国担任世界科协名誉秘书,也得每年出国参加会议一次,连准备与回国后的汇报,前后花费时间约一个月。

由于周培源的行政工作及社会活动过多,学校也没有给他配备一个学术助手,研究工作很难开展。让周刺激的是,近些年苏联以概率论为工具进行湍流理论的研究,进展甚快,他对这些新成果掌握得也不够多,有落伍之势。因此在 1961 年 8 月周培源萌生强烈的研究冲动,正式向校党委写了报告,要求减少兼职和社会活动,从北大附中调回他原来的助手是勋刚,开始新一轮的理论研究工作。

就在此时,周培源焦急找到校党委,说最近中国科协拟成立国际活动委员会,据闻已内定由他出面主持。周坚决表示在目前的情况下实在不能再接受,请学校党委出面阻拦。(见 1961 年 8 月 24 日北大党委《关于适当减少周培源同志校外职务的请示报告》)

在周培源向党委写的正式报告中,明确要求辞去全国政协文教组第三小组召集人、物理学报编辑委员和力学学会党内领导小组副召集人等职务,不再接受中国科协邀请他担任的国际活动委员会委员的职务,并希望政协双周座谈会每月参加一次(现每两周一次)、参加九三学社会议每周不超过二次、中国科协书记处书记的工作每月去一次。其他外宾招待及宴会，每月参加一次。北大党委同意周的意见，并上报市委拟请帮助解决。（见1961年8月市委大学部《周培源的专长和对他的安排使用》）北大党委称，周培源的校外职务，均属中央或中央各主管部门所安排的，因此请市委转报中央考虑。党委预计，经过这样调整后，周的校外活动时间每周至少还需占用一天半。

中宣部接到北大党委报告后，认为对减少周培源的校外职务提得不具体，所提的多是减少活动，还不能真正彻底地解决问题，希望北大再加研究，提出其减少校外职务的具体意见。为此，北大党委再次向周培源征求意见，他在衡量之后，于1961年10月15日致函党委，要求辞去下列九个职务：政协文教组第三组召集人、九三学社组织部部长、对外文协理事、中非友协理事、中国物理学会党领导小组成员、物理学报编辑委员、中国力学会党领导小组成员及副召集人、力学学报编辑委员、世界和平理事会理事。（见1961年10月18日北大党委《关于再次减少周培源副校长校外职务的请示报告》）市委文教书记邓拓在报告打印件上方用红笔批道：可将报告转上述领导机关（指中宣部、统战部、国家科委党组）。

中央统战部1961年10月7日来函，同意北大党委提出的调整意见，即周可以辞去政协文教组第三组召集人职务；政协双周座谈会不一定每次都参加，由周自行决定；九三学社工作每周不超过两次。这只是从统战方面传来的确切消息，而中宣部、国家科委迟迟未见回复。

周培源在兼职方面如此忙碌和辛劳，别人还以为他享尽无上的政治荣耀和良好待遇，但他多年的心力交瘁，他的难言苦衷确是外人所难以体验的，他坚辞兼职的背后蕴藏了自己道不尽的酸辛诉说。

傅鹰

傅鹰，物理化学家和化学教育家。福建省福州市人。1902年1月19日出生于北京。1919年在燕京大学化学系学习，1922年留学美国，1928年获密歇根大学化学系博士学位。1929年后历任东北大学教授、北京协和医学院教授、青岛大学教授、重庆大学教授、厦门大学教授及教务长，1945年再赴美国，任密歇根大学研究员。1950年归国任北京大学、清华大学、石油学院教授，1954年后任北京大学化学系教授，1962年被任命为北京大学副校长。1955年当选为中国科学院学部委员。1979年9月7日逝世于北京。

傅鹰：中右标兵的悲情

一

傅鹰是 1950 年从美国回来的知名化学专家，在北大化学系任教授、胶体化学教研室主任、系委会委员。他原本不爱涉及政治事务，出于直率、认真的性格，或深或浅、缓慢地卷入历次政治运动。

北大党组织 50 年代初期对他的判断是，他长期受教会学校及美国资产阶级教育，具有较浓厚的资产阶级思想，但爱国心和事业心较强，在科学上想做出一番成就。1949 年在美国看到解放军炮击英国舰艇"紫石英"号的消息，认为是替他出了"几十年的气"，这成了他急于回国的理由之一。回来后依照浸染的西方政治生活习惯，没有一味唱赞歌，对党和政府诸多政策多采取怀疑、观望的态度，一度提出"政府要看百年"。1952 年教师思想改造运动中深受触动，表现出进步的倾向，曾被作为可以改造好的典型到其他学校作过报告。北大党委据此认为他有所转变，但思想深处还是多有反复。

1957 年整风鸣放时傅鹰被诱导爆发出来，他的言论是较为激烈的，有理有据，逻辑性强，事例生动，颇具感性色彩，因而感染了不少业界内外人士，成了当时发言精彩到位而引起共鸣的北大名教授。反右开始后，北大党组织认定鸣放初期他"讲了许多对党极为尖刻愤懑的话",并有意剔除上下文的关联,挑出几个激烈的句子作为傅鹰的典型言论,如"思想改造和劳动改造差不多"、"党团员像特务"等。化学系总支甚至悄悄地找出1955年他发表的旧作《高等学校化学研究的三部曲》,认为傅在文章中公开攻击党没有拿过试管,不能领导化学。

反右斗争凶猛展开后,中共高层内部出于平衡、怀柔的战术考虑,希望划一个左右分割的粗线或踩踏中间线。不知何故,傅鹰骤然成了一个鲜明的风向标,他被钦定为"中右标兵",据说是毛泽东过问此事。按中央的说法,划右派标准以傅鹰的言论为标线,超过傅的言论程度就是右派分子。从全国范围后来的实际效果看,"中右标兵"只能是一个虚幌,很多政治言论比傅轻、只对单位领导提意见的知识分子照样被打成右派,只是傅因此侥幸逃过戴"右派帽"一劫。

这里有一个内情,就是在反右开始之前,中共政治局委员、市委书记彭真曾特意私下找他谈话,有所劝阻,具体内容不详。谈话后傅鹰激烈的态度大大收敛,后来应邀参加了批判右派分子钱伟长的大会,并作过一次发言。他还被安排为一年级学生作了一次题为《党的领导问题》的讲话,有意让他说了一些好话。市委方面认为在反右、"双反"运动以来,总的说来傅鹰对党的领导及三面红旗表示拥护,是跟着党走的。

但是他所在的化学系党总支却在此后将近四年的时间内,始终认为傅是没有戴帽子的右派。早在1957年底中央已确定傅为"中右标兵",化学系部分总支委员还坚持认定傅就是右派,刚上任的校党委书记陆平曾经说服他们接受中央的意见,但是没有解决他们的思想问题。1958年"双反"运动中对傅的批判全面升级,批他对党的领导和群众运动有许多怀疑和抵触,改造的要求比较差。傅鹰开始只肯承认教学、科研工作中存在一般性的错误思想,拒不检讨政治上的错误,还倔强地表示"要白就白到底"。

系总支在全系师生大会上公开了傅的全部"反动和错误的言行",要求组织讨论和批判。总支最厉害的一招棋是,争取过去和他一起的几个"思想同样反动"的教授起来揭发,一次一次地在谈心会上反复"摆事实",导致傅碍于情面,疲于应付,最终理屈词穷。本来与傅鹰同被视为没有戴帽子的"准右派"分子邢其毅教授,在压迫之下只能反戈一击,揭发不少傅鹰私下谈论的言行。在卸掉所谓的"思想包袱"之后,邢其毅如释重负,获得了难得的内心轻松,不由在会上感慨而道:"历史上没有一个朝代像共产党这样关怀知识分子。"傅鹰没有说这样的话,他只是几次简单陈述:"这次革命革到我头上来了。"语气中多少有几分无奈和消沉。1958年5月16日北京市委书记处书记郑天翔在所刊发的《关于知识分子的思想改造》著名文章中,激扬地描述了傅鹰的转变过程:"傅鹰为党的耐心帮助所感动,举起了降旗,'向真理投降'。以北大来说,傅鹰举起降旗,是资产阶级知识分子阵线全线溃败的标志。"(见1958年6月《北京工作》第231期)

全国知名的"中右标兵"傅鹰举起降旗,确实让市委、北大党委有几分成就感,但对傅鹰的政治处理却是极为严厉的。北大党委曾经事前制订"双反"运动的作战指标和战斗计划,列出几种不同类型的典型人物,要求对每种人的思想改造目标需因人而异。对一些认识不深刻的顽固分子都提出不要"烧焦",要适当等待,网开一面。然而,北大党委或许受系总支汇报的影响,一直把傅鹰、中文系游国恩等教授列入"不服输、依旧翘尾巴,须严打"之列,再三指示"继续烧他们,把他的尾巴烧得夹起来,特别是要剥夺他们在群众中的思想影响"。(见1958年4月5日北大党委《关于北大双反运动中教授思想改造的情况报告》)化学系党总支后来对傅鹰采取越来越激烈、势不两立的斗争姿态,与市委大学部、北大党委一度强烈支持的态度分不开的,只不过上级党委后来在政策上有所收缩,但系总支却靠着照常的惯性依旧全速冲撞下去,无法收住已然膨胀的"思想战斗野性"。

二

在党组织的引导下,傅鹰后来写出名为《向真理投降》的检讨文章,发表在《北京日报》上,再三表示愿意跟着党走,态度既诚恳,又显出少见的几分卑微。中共高层也有退让之意,1959年2月教育工作会议上,中宣部部长陆定一临近会议结束时插了一段话:"我们的危险是不学习,怕提缺点,红而不专,不要人家说一句话就说人家是资产阶级知识分子,争取所有的人都教书,如傅鹰,想退休,我们还要让他教书。"在全国性党内会议上,对傅鹰如此的表述还算给了相当的礼遇。

然而,按北大党委1961年夏季检查报告的陈述,化学系总支领导并没有就此收兵,反而采取与傅斗争到底的强硬姿态:

> 系总支领导同志却看不到他的这种进步,对他只片面地强调斗争,很少有团结和争取的愿望,很少注意发挥他有益的专长为我们服务,实际上采取政治上孤立、业务上搞臭的方针,混淆了中间派和右派的界限。(见1961年《北大党委关于化学系严重违反党的知识分子政策的检查报告》)

1958年底,系总支以一年级新生辨别能力不强,易受旧教授的影响为由,决定停止傅鹰为新生讲授无机化学课。当时北大党委的工作报告中时常引用学生的一句话,来表明受课学生的迷惑、中毒之深:"奋斗一生,学到傅鹰先生的十分之一就很好了。"在调整专业发展方向时,不经详细考虑,就断然取消傅鹰领导的胶体化学教研室(后经上级过问恢复)。傅为此在1959年1月愤而辞职,以示不满。

1929年,东北大学教工宿舍前,傅鹰(后立者)与梁思成(右二)等同事合影

此事相争过程中,巧逢毛泽东对《清华物理教研室对待教师"宁左勿右"》一文的批示传达,被惊动的北京市委当即布置北大党委检查对傅的工作,生怕再出差错,责成化学系总支学习主席批示,结合傅鹰的问题,在党内进行一次深入的政策教育。但是总支敷衍塞责,迟迟不动兵,一直拖延到当年秋天反右倾运动开展之时。总支书记王孝庭又借机重新布置对傅的批判,他召集胶体化学教研室支部成员开会,定下"傅鹰还在大摇白旗,向党进攻"的调子。

这里有个蹊跷的插曲:清华大学物理教研组对待教师宁"左"勿右,此事经毛泽东过问成了一个著名的事例。毛批示说,要全国一切大专学校、科研机关的党总支、支委讨论一次,并端正方向,争取一切可能争取的教授、科研人员。清华物理教研组的做法与北大化学系相近,比如同样认为高级知识分子都是从根本上反对党的教育方针,他们摆开阵势向我们进攻,必须还击;所有的统战对象都是促退派,把他们摆在这里,只是为了树立对立面;认为提"发挥老教师的作用"

就会模糊阶级界限,放松斗争,现在到了党员可以取而代之的时候了。毛泽东含蓄、模糊地点到了这种过左的工作方式,只是说"阅读并讨论",没有出现他惯常激烈的批评句式。从事后效果看,不少高级知识分子还是以欣喜的情绪来看待这件批示,并有所期盼。但是相当多的基层党组织只是草草应付,并没有采取改正的实质举动,对不满意的高级知识分子依旧是变了幌子进行围攻和斗争,只不过很多单位的斗争热度有所减弱。从1959年实际发生的过程来看,毛的批示是失效的,只是蜻蜓点水般地漂浮而过,在很大范围内被众人敷衍了事。

化学系党总支一直坚定认为,化学系实际上还是处于"教授治系"的局面,在一个时期内是由傅鹰、邢其毅等四个教授实行专政,教学科研、研究生的分配、助教的去留都由他们做主,甚至还猖狂地干涉党总支的"内政"。例如,总支因故批评一个邢其毅喜欢的党员助教,邢竟敢向党总支提出质问。总支欲发展一个政治上进步的副教授入党,也因为傅、邢的反对,怕"影响关系"而不敢发展。

化学系总支向上汇报说,只有经过这次"双反"运动,东风才真正压倒西风,系一级党组织才普遍大翻身,总支干部才不会像过去忍气吞声的"小媳妇"模样,敢于召集教授开会、作报告,敢于面对面地批评教授。对于这种系一级党组织日益强硬的姿态,市委主管常务的书记郑天翔在《关于知识分子的思想改造》一文中欣喜地总结道:"(此事表明)无产阶级的志气长起来了,资产阶级的威风打下去了,这是阶级形势的一个巨大变化。"

从1959年底到1960年春,是傅鹰最为暗淡的日子,系总支相继部署缜密的斗争日程表,在新年座谈、评跃进奖、学习八中全会文件等会议上,对傅展开一轮又一轮的批判活动,批判的内容从学术观点、教学态度到政治立场和思想作风,扣帽子之多事后让市委大感吃惊,如"反对教育方针"、"和党争领导权"、"争夺青年"、"用白旗与党培养红专干部的路线相对抗"、"大肆散布反动思想"、"资产阶级孝子贤孙"、"消极怠工"、"起了百分之二百的破坏作用"等等，对傅的学术专长和他在教学中备课认真、讲授清楚等优点予以全盘否定。

傅鹰被迫参加助教顾惕之、研究生周乃扶检查思想的会议，顾、周检查时主动谈到傅引导他们走"白专"道路，马上会议目标转向傅，与会者纷纷指责他"站在资产阶级立场,必然危害社会主义事业"。(见北大调查组1961年6月《北大化学系在学习八中全会文件时重点批判二十多位党外教授、助教》)

据1961年3月北大党委自查，从1958年起，化学系总支借调整科研方向之名，以不能参加保密项目之由，停掉大多数教授的研究工作，13个教授中有10人三年来几乎没有进行科学研究工作，总支在党内摆出的不安排的理由之一是，"害怕旧教授拉拢政治性较差的青年教师、研究生形成小集团和党对抗"。

靠着批判、打压傅鹰等知名教授的政治名声，1959年冬季北大化学系无机化学教研室一举夺得当年"文教先进集体"的称号，其事迹登记表中赫然写着："深入批判傅鹰的资产阶级观点，青年教师已完全担负起过去傅鹰讲授的无机化学课，一支又红又专的干部队伍正迅速成长。青年教师华彤文用辩证唯物主义的观点来阐明无机化学课中的重大问题，以大跃进以来的最新成果来丰富课程内容，改变过去无机化学课的面目。今年考试成绩优良达86%，而傅鹰讲课时考试成绩不到50%。"(见1960年初《北京市1959年文教先进集体登记表》)

年轻教师的授课考试成绩大大超过傅鹰的授课考试成绩，而且是高于三十六个百分点，足以证明年轻人的锐势和旧教授的不堪。最为关键的是，年轻教师能以辩证唯物主义的理论观点施教，这是傅鹰他们所不能达到的。

三

在五六十年代教学革命运动中，北大化学系一直是大名在外、处处争先的激进单位，狠抓阶级斗争、大促教育改革的事例大都出现在北大党委上报的报告中最显目的位置。1960年初看到许多国家都在大力研究胰岛素，有的资产阶级国家花了几十年时间只合成到5肽。化学系总支抓住这个由头，大张旗鼓地宣布要合成到21肽。据市委大学部1960年3月5日《科技工作简报》称，起初由于资产阶级学术思想的束缚，工作进展迟缓，但在反右倾整风学习以后，大搞群众运动，以大兵团作战的方式，在一个半月内，连续从3肽突破到12肽，把英美国家远远抛在后面。4月26日简报又说，苦战23天，终于在4月22日胜利合成21肽，宣布超过世界水平。一时间成了轰动北京高校的大事，出尽风头。但紧接着出现了一个有趣的插曲，上海方面突然大肆宣传，已在4月20日合成至30肽，比北京21肽还高9肽，立马把北大化学系膨胀的气势压住，让北京教育口扫兴许久。

傅鹰一直不喜欢系里这种过于张扬、高调的"科研动作"，称之为"浮夸之风不得了"。直到1962年在广州科学规划会议上，傅鹰才壮着胆子首次揭露其间的内幕："说合成了21肽，分析7肽的数据与理论数据一样，原来未进行分析，是用理论公式推算出来的数据。这样的数据层层上报，是在骗谁？这样党在群众中的威信怎能提高？"（见1962年5月19日市委大学部《情况简报》第58期）

大跃进时，化学系在报告中说一年内完成了一千多项科研项目。傅鹰对此不以为然，他几次向校方提意见说："根据系里教师的力量水平，一年内完成几项就很不错了。有时纯化一个原料也得要三个月的时间，二至三个月内怎能完成几百项？这些数字层层上报，领导也无法核对，这样献礼不够严肃。"

强势运动之下，有些老教师成了惊弓之鸟，只看风头讲话。北大、清华、北医等学校的不少教员不敢查阅必要的科学文献，只求盲目实践、为了保险不惜工作重复。北大化学系张青莲教授说："乱哄哄，一场空。"傅鹰则以亲历者的身份表达得更尖锐："现在是以任务消灭学科，北大摧残胶体化学。"（见北京市委高校党委办公室1959年4月20日《科学研究工作会议中各小组讨论情况》）

1961年10月教育部下发《直属高等学校暂行工作条例（草案）》讨论，其中重要的一条就是改变系总支的领导作用，只起保证监督的作用。这一条就招致北大多数系总支的不满，化学系总支的表态最为激烈，总支副书记黄文一在10月26日市委大学部召开的座谈会上说："我的顾虑就是怕资产阶级篡夺领导权，我们如果处于做思想政治工作的地位，不处于发号施令的地位，会不会造成资产阶级复辟？陈独秀右倾机会主义的做法，就是我们共产党在军队中只当政委，国民党当军长、师长。我觉得我们发号施令是对的。如果学校中只是在上面由党委发号施令，下面由他们资产阶级发号施令，这样能不能保证党的领导？"化学系总支书记王孝庭敲边鼓说："不能说一竿子插到底就一定不能执行知识分子政策。"（见会议记录手稿）

而傅鹰对"一竿子插到底"（指各级党组织垂直领导）方法有一肚子怨言，体会尤深。1961年7月中旬，他在教育部召集的座谈会上直接点了化学系的问题：

系里一竿子插到底插得很凶，谁也不能说什么，否则就认为是对党的领导"原则承认，具体否定"，任何一个党团员都是

"党代表",不听他们的话就是"反党",谁受得了?(见市委大学部1961年7月21日《最近傅鹰对高等学校工作发展的意见》)

他在会上举例子说,教授写完了讲义,要"呈请鉴核",一个二年级学生为学生党支部成员,他拿起红笔勾勾抹抹,这个不要,那个不要,其实他什么也不懂,可他是"代表党"的。

傅鹰写了培养研究生的计划,按系里规定要送支部批准。支部书记多是三四年级的年轻学生,对计划中的学术表述多有不解之处,就需傅鹰同他原原本本地讲上半天、一天,甚至多达两天,学生书记接着就打起政治腔调问:"是不是合乎国际水平?同国计民生关系怎样?什么时候搞出成果?"这让傅鹰哭笑不得,不知如何能够回答得满意。他在教育部座谈会上谈及此事有意调侃道:"这又不是做香肠,谁知道什么时候可以灌出两根三根?"

四

在校内,傅鹰教学上的倔强和不妥协是有名气的,他的学生是深有体会的。回国初期,他分配在清华大学任物理化学教授,有时给学生布置习题,科代表认为作业量过大,会打乱同学的学习计划,就擅自压下来。傅鹰发现后在课堂上生气地说道:"学习是那样简单,不劳动还成,不劳动那是蒋介石。"同学们听了大为吃惊,互相观望吐舌头。科代表课后向傅解释,被他从办公室直接轰出去。(见1954年市高校党委《关于清华大学师生关系的问题》)

他是深爱自己的专业,一有不适,他会强烈反应,甚至到了不相容、不退让的地步。1953年化学馆建设计划定6000平方米,领导上核实时给削减到5400平方米,他跑去找领导,极为不满地说:"别看现在花的钱多,将来人材培养好了,价值比现在大得多。"(见市委高校党委1953年12月27日《北京市高校教师学习总路线思想情况》)

院系调整之后,1953年、1954年傅鹰到了石油学院任教,他对英美的课本不满意,对苏联的课本也有意见,于是自己编写教材进行教学。教研组里的两个助教认为必须用苏联课本,与傅鹰的意见不合,竟然愤怒离开教研组,给任主任的傅鹰一个下马威。石油学院教务长曹本熹替傅鹰说情:"像傅鹰这样的人,对苏联课本有些意见,不会没有一点道理的,因为他对苏联课本钻得也非常厉害,远远超过那些年轻人。而无论什么课本都不会没有一点缺点的,这些年轻人只是主观简单地认为非苏联的就不对,当然不能说服傅鹰。"多年老友、清华大学教务长钱伟长在接受中宣部工作人员访问时,就举了傅鹰这个例子来说明对高校老教师不够尊重的现象,他说:"我们必须对傅鹰的教材进行具体分析,批判坏的,也肯定好的,这样才能使他心服,才能发挥他的才能,使课本达到苏联经验与中国实际相结合。"他再三向来客强调,傅鹰在物理化学、无机化学方面是很有本领的。(见1954年3月2日中宣部办公室印发《清华大学教务长钱伟长对高等工业教育的意见》)

最让傅鹰不能接受的是,到了1958年他竟管不了名下的研究生,研究题目由系里确定,却对导师保密,但研究生完成任务后却非得由导师签字。傅鹰不高兴地说:"这不是笑话吗?我不签字不行,不签就是反对科学研究的群众路线,反对党的政策,那我成个什么东西呢?"当天在场的国务院文教办公室负责人林枫、高教部副部长兼清华校长蒋南翔听了后默默无语,林枫只是简单接了傅鹰发言中的一个极小话题,就是赞同傅所说的发挥"师兄""师姐"的作用,多带研究生。

傅鹰说,有一次系里做一个研究,要用价值一万元左右的贵重药品,老教师主张先用少量试试。支部书记却一口否定,认为这是资产阶级的看法，是"少慢差费"，党做事从来就是气派大。结果上下一通气，花费了数万元的国家经费。

在教育部座谈会上，傅鹰忍不住说了一句很重的话："这几年来，（化学）系主任和教授是在年轻人的脚底下。"

系总支有意让老教授和青年师生分别编写讲义，树立对立面，意在"比垮"和"搞臭"旧式教授。半导体化学教研室一位团员大声地对资深教授唐有祺宣布："你的资产阶级观点如果不改造，你的知识就等于一堆垃圾。"在编写《红色化学热力学》时，参与的同学提出："苦战一夜，写出大纲。"傅鹰大为惊异，只是淡淡地说了一句："一夜搞出来不容易。"结果学生们第二天就嚷嚷说大纲胜利写出了，当即就批判傅鹰高傲轻视的态度，说是两条道路斗争的体现。事实上这个所谓一夜搞出的大纲是一个助教一个月前就写出的，当晚只是作了一些修改补充。（见1961年《北大党委关于化学系严重违反党的知识分子政策的检查报告》）

在讨论《高校暂行工作条例》时，傅鹰在意的是涉及学校领导体制的条款，感同身受，总想堵住一些制度上的漏洞。比如原来草案中系委会"职责"有"人事安排"一项，但新的《暂行工作条例》却暗暗地取消此项。傅鹰在北大讨论会上大声地质问："为什么取消呢？例如化学系为什么产生超编现象？是不是所用的人都能胜任？系务委员都不知道，如果系委会研究人事工作，就不至于这样了。"（见市委大学部1961年8月17日《清华、北大、师大部分师生和干部讨论"高校暂行工作条例"的意见》）

傅鹰说这样的话是有所指的。作为教研室主任，他实际上处于无权责、被漠视的位置，不知什么事该过问、什么事不该过问。有一次系里事先不通知傅鹰，突然给教研室增加四位教员，结果开会时系总支在台上介绍,不知所措的傅鹰惊愕一会儿,碍于场面,只好上去同新来的教员点头握手致意。傅鹰在教育部座谈会上讲完这个细节,意犹难尽,一旁的北大教务长周培源缓缓地补充说:"我也是一个教研室主任,但我的教研室提拔了副主任,我都不知道。"(见市委大学部1961年7月24日《周培源、傅鹰等在讨论高等学校工作条例草稿时发表的意见》)

五

作为一位在学术圈浸润几十年的资深教授,傅鹰认为一个教研室内有经验的教授总是少数,没有经验的占多数,因此在学术问题上少数服从多数不合理,是对群众路线的曲解。在这一点上,傅鹰与系总支产生严重的对立,总支认定傅思想顽固,对党的群众路线不满,就多方设法把他排除在科研工作之外。有一次化学系接受一项研究三峡水利工程土质的任务,就是要确定三峡附近的土能不能作为三峡大坝的建筑材料。思考再三,傅鹰持谨慎的态度,主张先进行土的纯化然后再做试验。但教研室内讨论时不少人说三峡筑坝就应该就地取材,根本无须"纯化"。结果举手表决,用简单多数胜少数的办法就把傅鹰的意见否定了。傅鹰对此用了"把我的意见压下去"的词句来综述这个过程,涉及事情的结果,他在座谈会上的言辞多少带上感伤色彩:"他们用了一年的时间进行研究,写出论文送人家审查,结果完全不合规格。北大提出的论文被人家全部否决,这是第一次啊。也幸亏人家否决了,不然不知会造成什么结果。"

实际上这里还有一段伤心的隐情,傅鹰当时在会上不敢细说。后来1961年5月29日中央统战部干部于刚来家中访问,傅感动之余一下子

倾吐"三峡科研"内幕,并称这是他生平遇到的一件最不愉快的事情:

> 1959年水利部召开三峡工程会议,我去了,会上要我们承担研究任务,我说要与系总支商量。我回来与总支谈了,总支决定不搞。我也很高兴,因为觉得担子太大,三峡是全国第一大坝,如果出了问题,关系重大。后来总支又决定要搞,派人去三峡,却向长江规划委员会的人说是傅鹰不愿意搞,并说我当面一套,背后一套,是两面派。
>
> 依我这样旧观点的人看来,两面派就是人格成问题的人,就是异己分子,就是反革命。后来三峡派人来学校介绍任务和情况,我也去听,中途支部却把我找出来研究教学问题;接受任务后我去看同学做有关三峡科研的实验,我问三句学生才答一句,我想是"保密"也就算了。四五月间武汉有人来北京开会,把系干部向常委会说的话告诉我,我才恍然大悟,原来是把我看成两面派。
>
> 这以后我就不想再管了,否则如果发生什么问题,丢了国家机密,就一定先要怀疑我。当然,我当时并没有把个别人的这种提法和党的看法混在一起,但这件事对于我仍是很不愉快的。(见市委大学部1961年5月29日《傅鹰与中央统战部于刚同志谈话记录》)

被人恶意说成"两面派",会议中途借故被叫出,做实验的学生躲躲闪闪地回答,这些都使傅鹰有一种悲愤难抑的情绪,性情中人总有克制不了的郁闷,而且这种郁闷会可怕地疯长。他告诉于刚:"1960年春天,我是真不想活下去了,有时早晨起来,张锦(指夫人)出去以后,看着睡在床上的孩子,走来走去流泪,觉得没有活路,不知如何是好。"说到这里时,傅鹰情绪激动厉害,不得不沉默几分钟。于刚见此状就安慰道:"这样谈一谈心很好,可见上次在中央统战部座谈会上,你还有很多话没有说。"傅鹰说:"这些问题也不好在那么多人的场合去谈。"

六

1960年3月间,教研室支部在未和傅鹰商量的情况下,就生硬地调走他的研究生,停止由傅指导进行的"吸附"研究。傅知道后情绪大变,他后来形容自己像死了孩子一样的伤心。这两位调走的研究生为周乃扶、廖世健,均是他花了很大力气培养的,是他研究工作中的得力助手。系里开始不断接到反映,说傅鹰心情绝望,流露了自杀的念头。到了当年9月,校党委书记兼校长陆平出面找傅谈话,答应恢复他对"吸附"的研究,他才算缓过一口气来。

1962年4月7日傅鹰参加全国政协小组会后,心情难得舒适,回家后与夫人张锦教授闲聊,回忆了当年精神困顿的景象,感慨地说:"周总理讲了,要以国事为重,加强团结。青年老年之间这几年伤了感情,过去我们对学生真是用心,现在感情大不如以前,年轻人对老教师也毫无感情,双方如此,自然不易搞好。我敢说有些青年党员不如我以国家事业为重,他们不按政策办事,这几年我对他们完全消除了政治自卑感。"(见1962年5月19日市委大学部《情况简报》第58期)

1961年北京市高校开始提劳逸结合之事,政治及教学改革运动的强度明显见缓,以减轻贫乏的经济生活的外在压力。傅鹰仍保持对教学高水平的要求,上课依然严谨认真。团市委大学工作委员会当年11月上报《北大、师大等校学生的学习情况》的报告,其中提道:"北大化学系傅鹰给胶化专业五、六年级二十多人教热力学,不作系统讲授,每上一大节课就指定学生自习一章(开学六周,已学八章),事先做好习题,上课时到黑板做习题,傅鹰说,'要让你们出汗'。"这样强度的教学也让部分学生显示跟不上的窘困,班级团支书、党员基础学得差,压力最大。傅鹰等教员认为,这批学生基础理论课学得不好,演算和实验的基础训练差,上课吃力,做习题费时,做实验很被动。在这种情况下,傅鹰还是不弃不厌,仍然保持做教员的本分和勤勉。

但是,一逢斗争时机,系总支始终没有放松对傅及其旧教授的批判力度,1961年抽空在化学系12名教授副教授中对五人进行重点批判,同时牵涉到的20名青年教师也被陪绑挨斗。总支开会布置时一直表露这样一个牢固的整体思路,就是认为化学系反右斗争搞得不透,想在八中全会文件的学习中补课,首要批倒的就是顽固不化的"中右标兵"傅鹰。

鉴于傅鹰问题的敏感性,市委大学部、北大党委几次明令,对傅鹰进行批判及其教学、科研工作的安排均需得到批准,然而系总支却设法绕过上级,不加请示。一个基层党总支能够这么持久地批判中央早已指定的标杆人物,在1960年春、夏间政治经济形势吃紧之下显得不合时宜,惹得中宣部、华北局宣传部、中央教育部、市委统战部、大学部纷纷派人到系里调查,并有所批评。1961年8月26日市委大学部在一份《关于团结、改造、使用老教师的调查材料》中,直接点名批评北大化学系:"严重地违反党的知识分子政策,党和老教师的关系比较紧张,问题最突出。"北大党委在一份自查报告中也承认:"检查出化学系在工作中违反党的知识分子政策,特别是1960年春发生了对党外教师乱批判乱斗争的现象,严重地损害党的威信和群众的积极性,使化学系的党组织脱离了群众,使系里的工作也受到不小的损失。1960年4月底以后,乱批判乱斗争的现象虽然基本上停止下来了,但是干部的错误思想没有得到纠正,在群众中造成的不良影响也没有消除。"

北大党委认为，傅鹰是中央1957年确定的中右标兵，但化学系总支在将近四年时间一直对傅采取斗争的措施，实际上施行了政治上孤立、业务上搞臭的方针，违反了中央的这一指示。戴了"反中央"的帽子后，系总支无奈之下重新给傅鹰配备了助手，又得安排他的教学科研任务，市委大学部甚至表态要直接越级帮助化学系总支制订一个团结、改造傅鹰的工作计划。1961年12月21日大学部制订一个内部条例，有针对性地列入一条："（对师生进行重点批判）斗争的决定权必须集中在学校党委，总支和支部都不能决定。"系总支对上级种种限制、批评口服心不服，校党委要求系里起草对傅鹰的工作计划，系总支书记王孝庭还坚持说："傅鹰比中右还坏。""实质是未戴帽的右派。"在一份系里传看的内部总结中赫然引用毛泽东一则批示的语意，依然宣称："资产阶级知识分子已和资本主义制度一样，已是日薄西山，气息奄奄，人命危浅，朝不虑夕了。"前来调查的大学部人士感叹而道，这代表了化学系总支固有的斗争思路，任何时候都不动摇、不松懈，哪怕是处于民生困难、亟须缓和的特殊时间段。

1961年7月14日市委大学部借市委党校礼堂召开思想政治工作会议，市委大学部副部长宋硕做几年工作回顾总结，谈及与高级知识分子关系紧张时，举了傅鹰的例子："北大化学系对傅鹰的工作毛病较大，撤销他的教研室主任……他原是中右标兵，'双反'批评后写了《向真理投降》，以后他没有再发表对党、对社会主义的错误言论。（他）牢骚很多，表明工作没做好。"从傅鹰、北大化学系引申开来，宋硕承认，基层对教授的打击面过宽，有的单位高达三成，对这部分人的思想工作多数是失败的。他说："毛病在于党委、总支管得过多、过死，不该管的也管了，干涉了一些不该干涉的事情。明明别人交心谈的就批判,还要让人交心再批判。这几年问题多的是,斗争多,团结少,关系相当紧张。"(见市委大学部1961年8月《宋硕在政治思想工作会议上的报告》)

宋硕的批评是有来由的,也糅杂一种焦虑、不安的情绪。1960年4月底,北大乱批判乱斗争的现象已经在全校范围内停止下来,但是化学系总支依然借学习八中全会文件的活动悄悄地进行所谓"补课",掀起新一轮的过火斗争。系总支负责人曾在全系党员会上表示,资产阶级在党内的代理人向党进攻,资产阶级知识分子也一定向党进攻,革命愈来愈深入,思想革命对象愈来愈多,应当开展斗争,清算历次运动中未解决的问题。对于有问题的教授、青年教师,号召全系"挤他们的材料",因为革命一深入到学术领域,他们必然有反抗的言行。有一次十几个学生开会围攻邢其毅教授,从下午三点一直开到晚上十一点半,逼邢交代"对抗学术革命"的"罪行"。据市委大学部夏瑜1962年4月初写的报告称:"此次在化学系进行甄别工作的对象有31人,解疙瘩的有20人左右,总计50多人,约占全系教师的四分之一。"(见《北大党外教授甄别交代工作已基本结束》)近四分之一的教师沦为"批判对象",可见化学系总支的横扫面之广、斗争气魄之大。

傅鹰当然是首当其冲的批判对象,他在大小会上轮番接受群众的责问。后来系总支做了一个书面总结,坚定认为这些批判收效甚大,彻底揭穿傅鹰所谓的高深理论,"只不过是些脱离生产实际的抽象的数学公式和空洞的概念,根本不是我们无产阶级所需要的"。多年思想拉锯战,终于有了这么一个哭笑不得的"思想结论"。我们可以从中看到,一个"中右标兵"的悲情和一个基层总支的坚硬,都是那个极左时代扭曲照射出来的两面,曾经是那么真切而痛楚地存在着。

1962年三四月间,北京市委大学部曾经多次讨论了四年来的存在问题、工作教训，初步拟定了长达一万四千多字的总结草稿，其中对系总支权力过大的现象表示担忧，认为这些年来不少系总支、支部发生了一些分散主义的错误，往往不经上级党委批准就擅自批判教师和学生，改变教学计划和课程体系，讨论教学、行政的具体工作过多过细，陷入过多的行政事务和会议活动，使行政一条线有时形同虚设，使得学校、系的非党行政负责人感到有职无权，坐了冷板凳。总结草稿中写道："现在看来，宣布实行党总支领导下的系务委员会的制度对工作是不利的，应该坚决按照高等学校暂行工作条例（草案）的规定改为系总支对行政工作起保证和监督作用，教师党支部对教研室的工作只起保证作用。"让系总支退居工作幕后，限制他们"一竿子到底"的强势组织权力，这导致不少高校系总支的强烈不满和抵触。从事后效果看，仅仅经过几个月的博弈，借着毛泽东1962年夏天大谈阶级斗争之风，各校系总支仍旧恢复了"思想领导、行政把关"的权势，而且今后三四年愈加强化，直至"文革"崩盘。

七

1961年6月22日，有时爱走极端的中宣部部长陆定一召集北大党政负责人陆平、周培源前来谈话，会见过程中突然提议傅鹰为北大副校长，要学校党委酝酿讨论。这项预设的人事安排引来北大党组织的一片异议、反对声音，更多的是党内的一串串不解。因为傅鹰早已在校内被人为地塑造成"负面教授"、"反面标本"，怎么可能一步轻易地登上校级领导岗位？6月25日勉强召开北大党委书记、副书记会议，在极小范围内"酝酿"，又拖延了十多天召开党委会议讨论该任命事项。7月7日以北大党委名义上报中宣部、教育部党组、北京市委,只是简单地写了几句:"7月5日在党委会议上进行酝酿讨论,同意傅鹰担任我校副校长职务,特此报告。"字句如此简易,内中多少透着一些无奈和别扭。

此事在两三个月内无下文,看出其间的各方纠结之深处理之难。10月14日北大党委又上报一份名为《关于拟请提升两位党外副校长的请示报告》,理由为:"为了加强我校文理各系教学工作的领导,进一步团结党外人士合作共事,调动党外知识分子的积极性。"北大党委明显耍弄一个花招,就是一次提了三位党外教授,从中挑选两位,其意是借此于脚搞掉傅鹰。他们用了这样的文句来表述隐晦的心机:"理科方面,我们提议由傅鹰(北大化学系教授)或黄子卿(北大化学系教授)二人中考虑一人,文科方面,我们提议提升魏建功(北大中国语言文学系教授、副系主任)为副校长。"让傅鹰与同是化学系教授黄子卿"对决",这就存有傅鹰"落选"的变数。北大在上报黄子卿的简历材料中特意强调:"黄是物理化学界的老前辈,在化学界有较高的威望,目前他是我国溶液理论方面第一位的专家……他对三面红旗总的说来是拥护的,和党的关系也比较好,有什么问题,能主动找党组织商量,为人心直,待人诚恳,在中间群众中有一定代表性。"在上报傅鹰的材料中也指出傅为第一流胶体化学专家,教学认真,治学严谨,对学生要求比较严格,经过"双反"运动有较显著进步。但在材料结尾处极其鲜明地写道:"他狂妄自大,说话尖酸刻薄,思想改造的自觉性很差。"寥寥几句隐藏其间,不加掩饰地点出傅鹰的"尖锐性"和"反面性",与黄子卿"和党的关系也比较好"的评价形成极大的反差。这是悄声地写给陆定一等领导看的,制造傅鹰"不能被群众接受"的台面上理由。这是北大校方为了拿下傅鹰所做的"最后努力"。

陆定一是一位固执、率性、复杂的领导人物，有时表态就是要显示一言九鼎的威力和无比的正确性，他不可能为北大的小动作所迷惑、左右。他与相关领导最终排除了黄子卿，执意选定傅鹰，同时也认可北大自己提名的魏建功，另外又提议增加物理系教授王竹溪为副校长人选。

实际上党内上下折腾、博弈这么久，傅鹰、魏建功、王竹溪上任也只是单一的统战意义，其职责明显是象征、边缘和虚拟的。北大党委向上级汇报时还谈及新任副校长上任后的积极状态："最近几位新任副校长到职以后，分工领导各系，已分别到各系了解情况。每周召开校长办公会议一次，研究解决行政工作中的一些重要问题。傅鹰、魏建功、王竹溪表现都很积极，肯提意见。"（见1962年2月10日市委大学部情况简报第5期）这种"拉郎配"的新官上任纯属表演性质，新官们也心知肚明地适应了这种摆设的作用。但上任后傅鹰的言论激烈似乎不减当年，在广州科学规划会议上就明确地表示："这几年搞运动的成绩和损失不成比例，造成的损失有四方面，一是高等学校设备几乎败完，北大、石油学院的家当都败完了，损失不是几百万，而是以亿为单位计；二是多少万女学生害妇女病，影响到下一代；三是在校几十万大学生在业务上没有得到应得的培养，1958年入学的学生根本没念什么书；四是党的威信没有提高，反而受到损失，对党员起码的要求应是对党忠诚，但很多年青党员不是这样。"这种刺耳的内容当是主事者不愿多听的，明显没有人在会场大胆接茬，也无人愿意此时反驳，只是轻轻地在简报里记上一笔。

1962年1月10日北大党委邀请几位副校长座谈学校领导体制的问题，这是一个敏感而难言的麻烦问题。傅鹰没讲多少客套语，一上来就当面批评党委："三年来思想教育工作不是加强而是削弱了，与中央的期望大大不相称。"

他一说话就爱举例，举的例子多是学校实实在在发生过的事情，直指校委会、系委会留存的弊端，带有明显的刺人味道，党委诸位还得硬着头皮听下去：

几年来，我们对中央政策体会得很不够。在系里政治学习收获不大，大家坐在一起先相对无言，然后总支书记发言，大家揣摩风往哪里刮也跟着刮。许多人心里有几篇草稿，看书记怎么说，就拿出那一篇来。这样不一定能体会到中央政策，甚至体会错了。

有些业务问题党委也应抓，凡是重大的问题党委就得抓，如我校理科六年制培养出的学生应是什么规格？如和五年制一样，为什么比人家慢？产品规格这样的问题就必须党委抓，否则各系、各教研室就可以各自为战。

以往校委会的缺点是"会而不议"，往往拿着油印文件念上一念，字句上改动改动就算了。五年制改六年制，许多人不知道，糊里糊涂就改了。搬家是大事，也只宣布了一下。这些事校委会应知道而且要议。

系委会也是"会而不议"，大家以为总支书记就代表党，他一说话就不得不同意，因此不能集思广益。其实有人对一件事的办法不赞成，不一定是对事情本身不赞成，一引申就变成不得了的事，弄得人不敢说话了。

我们和总支书记之间也互相不了解。总支有什么事不和其他人商量，我们有什么事也不与组织上谈。彼此不甚了解，就去揣摩，出了好些不好的事。党员与非党员似乎不能交朋友，见面只有会议上，如何能了解我的真实思想。党委今后应下前线，了解实际情况，不但要下厨房，也要下到一些人的客厅。（见1962年2月9日市委大学部情况简报第4期《傅鹰对学校党的领导的一些意见》）

对于北大党政系统而言，行政系统跛脚厉害，陆平双兼党政一把手，习惯性通过党的系统布置具体工作，很少直接领导、联络系主任。据北大自己公布的工作流程看，向系里布置事务大都由党员教务长（校党委副书记兼任）出面，而且一般总是找总支书记或党员副系主任，很少召开系主任会。1958年明确宣布实行系总支领导下的系务委员会负责制以后，系行政工作已由总支包揽，总支主要抓党员系主任，非党系主任实际上被置放在一边。如果不获党的系统认可和推力，单纯靠非党系主任开展工作近乎不可能。（见1962年2月10日市委大学部情况《北大贯彻执行教育部直属高等学校工作条例（草案）关于学校领导体制的规定的情况》）因此，傅鹰所描述的校、系委会"会而不议"现象为真实的事实，校党委当然了解其中的运作内情，他们已经习惯、倚靠总支独大的生硬领导体制，对傅鹰的嘲讽般批评也只有默然和苦笑而已。

1962年4月在全国政协小组会上，很多人为成绩和缺点是三七开还是二八开，争得不可开交，傅鹰对此觉得"无聊至极"。他的发言锋芒还是指向北大偏多，认为"北大就没有一点承认工作中缺点错误的精神"，说："北大到去年还在说成绩与缺点是九指与一指，也不知哪是九指？因此养成了大家对党总不能相信的风气。"他赞同周恩来报告中的说法，由此谈出自己的学习心得："如果多听群众意见，缺点是可以少犯或早些克服的。缺点本身是不可避免的，但不能说在当时是非犯不可的。"他甚至直率地表态："不搞运动，可以同样培养出人材而没有那么大的损失。"说到这个深层次，难免已有几分犯忌和不留情面。

涉及自身的体会，他提得最多的则是老教授委屈不安的情绪："有的老教师说，现在要我负责，不知哪天又不要我负责，那时又要把工作搞不好的账算在我们头上，怕周而复始地过那种日子。六十条也列上了研究工作，但在对党的政策没有坚定不移的信心的情况下，做研究怎能起劲？一面做研究，一面在想，不知哪天，也许在三五年后，又该为搞此研究而检讨，思想上还认为六十条是钓鱼似的。"（见1962年5月19日市委大学部《情况简报》第58期）教育界诸多人士对新制订的高教六十条赞誉声不断，傅鹰却隐约地有一种被钓鱼、被秋后算账的潜意识。

傅鹰的预感还是准确、灵验的。三四年后"文革"爆发，高级知识分子又遭受灭顶之灾，傅鹰困苦地走到人生的黑暗尽头，湮没了残存的一点点微弱希望。要知道，1962年3月底听了周恩来在人代会上的报告后，傅鹰兴致颇高地回家，一进家门，夫人张锦就焦急地问："有没有讲摘帽子（指'资产阶级知识分子'帽子）的事？"傅答道："有，有。"马上翻开报告指给夫人看，两人高兴得不知说什么好。这样舒心的小场景被写进简报中，成为那几年有关傅鹰的官方文件中最为温馨的一页。可这只是闪光一现，稍纵即逝。

1962年4月1日他和化学系老教授唐有祺聊天时，还满腹狐疑地表示："广州会议后情绪是否就高起来，还得再看看，不能情绪一下子高上去，然后一下子落到地。"对于变幻世事，傅鹰比一般的知识分子要更为敏感和尖锐，他的乐观是有限度的，始终保持一种对周遭环境的高度警惕，因而他的内心痛楚似乎永远没有消停过。对于中国当代学术史来说，要了解过去几十年中国学人的外在遭遇、内心挣扎，钦定的"中右标兵"傅鹰具备了绝对标准、不可复制的标本意义。

王瑶

王瑶，1914年出生，山西省平遥人。1934年至1937年在清华大学中文系学习，1943年至1946年为清华研究院中国文学部研究生。1946年毕业于清华大学研究院，曾任清华大学副教授。1949年后任北京大学中文系副教授、教授，担任中国古典文学、现代文学的研究与教学工作。专著《中国新文学史稿》20世纪50年代初期曾受批判。1978年后担任国务院学位委员会第一届学科评议组成员、中国现代文学研究会第一至第三届会长、民盟第五届中央委员。是第二、第六届全国政协委员。1989年12月13日病逝于上海。

文件中的王瑶

一

1952年北京市高校院系调整前后，面对纷纭复杂的局面，中共高层一直认为各高校的中共基层组织还是显得不够强势。1952年底一次中央政治局会上，认定北京高校"思想上乱，组织上乱，党忙乱"，决意成立市高校党委会，统一领导并进一步开展知识分子思想改造运动。1953年1月23日上午市高校党委会宣告成立，新任命的高校党委书记李乐光做了发言，传达中央政治局会议精神，在讲话中首先就点到北大中文系副教授王瑶的名字，说在1952年教改之后人心惶惶，"王瑶要求转业，做不了灵魂师"，还说"北大教授吴组缃、浦江清彷徨几分钟才上课，高名凯上课前发呆"。（见《李乐光同志在大学会议上的发言材料》）

这是笔者目前所能看到官方资料中记载王瑶的最早记录之一，从那时开始，作为重点系重点人物，有关王瑶的动态消息在党内文件中频繁出现，以此为高层领导了解学界人士的思想动向提供第一手素材。这种费力费神的党内系统工作汇报，时间跨度长达二十多年（"文革"期间另论），有的时候是在王瑶不知晓的情况下完成的。而且在北大中文系，关注对象还扩展到游国恩、吴组缃、林庚、王力、高名凯等名教授，他们的诸多言论和王瑶一样一并收集，在至今留存数百万字的北京高校党内文件中构建了独特的"北大中文系意见群"。

1953年以后几年，在官方文件里所出现的王瑶，多是被描绘成顾虑重重、心机颇深，甚至有点玩世不恭。譬如说他教课为了迎合进步，牵强附会过多，不敢负责。他说："我讲的课都是伟大作家的作品，引证伟大作家的批评，这样四平八稳，错了也是别人的，用不着自己检讨。"当时林庚反映，"三反"之后，先生上课有如惊弓之鸟，就怕学生递条子。吴组缃说自己："上课时两把冷汗，下课时满头大汗。"而王瑶则不同，却忧政策之困扰，他举例说，世界文学好教，只要史料加马列主义就行了，现代文学不仅要史料、马列主义，而且还有政策，那就难了。他对茅盾、老舍、李广田等人作品有意见，但是不好批评，怕违反政策。（见1953年2月1日高校党委《北京大学教师情况》）

北大党委向上汇报说，由于教师工作紧张，精神负担重，他们的健康状况有转坏趋向，如中文系教授吴组缃、王瑶两人的肺病加重了。但对于身体一时之伤，王瑶倒不以为然，对新老教师之间的持续隔阂、斗争深表忧郁，他称自己为"被提意见的阶级"，思想老是惶恐不安。1953年9月北京高校党委在一份内部报告中也表示，"在新老教师之间、师生之间、党员与非党行政干部之间的关系不正常，且有不少青年讲师、助教与老教授的关系相当恶劣。"报告中举例如下：

> 在"三反"思想改造后，多数年轻教师则认为老教授历史复杂，政治落后，业务不行，因之在教学工作中一遇到问题总想用"三反"时老办法向他们进行批判和斗争，常常笼统地轻率地指责批评他们这里思想性不够，那里立场不稳，这是唯心论，那是反马列主义。有的助教对教授所编写的讲义稿，不经同意就拿过来涂改一番，不去虚心地向他们学习一些科学知识，

1950年，王瑶与家人在清华大学北院住所后院（当时正在撰写《中国新文学史稿》初稿，36岁）

反认为与他们泡太花时间,泡不起,有的不愿理他们,在路上见到即远远避开。(见1953年9月《关于北京市高等学校继续贯彻团结改造知识分子政策的报告》)

进步的青年教师认为,老教授的毛病根深蒂固,难于改造。即使改造过来也是小脚放大脚,总不如天足好。北大党委张群玉在1953年4月12日党团干部会议上归纳说:"党团员对旧知识分子政治上、业务上看不起,只看到其落后一面,认为'这些人不过如此而已'。文科旧学问越多,对人民危害越大。年纪比较大的教员认为门前冷落,有个别教授为了联系群众,过节时到处找学生拜年。"北大党委发现,中文系年轻党团员教师对旧教授一概否定、排斥,因为觉得一接近会使人受毒。中文、历史两系的一些教授对此深为不满,带头闹情绪,找别扭,采取不合作的态度。校党委派人访问时,林庚说:"除于效谦外,与系中其他党团员还不能做到相谈时无戒心。"王瑶直接表态:"党员与我们相处不那么真心。"(见1953年5月《北京大学贯彻团结知识分子政策后各系情况》)

正是由于这种政治歧视带来的教学紧张,加上评薪的不满,王瑶等中文系的一些教授对近邻、稍显安静的北大文学研究所有一种别样的向往,私下里偶尔流露愿去那里从事研究。市高校党委从几个渠道得知这一细小的动向,马上敏感地向市委汇报此情况。(见1953年9月7日《北大贯彻知识分子政策的情况》)

1954年批判俞平伯、胡适的思想运动先后启动,北大中文系总支开列了一批能写批判文章的作者名单,王瑶排在最后一位。他参与运动时持一种不即不离、含糊不清的态度,让系总支一时难以判明。在市高校党委会一期动态简报中,记载了王瑶与同系章廷谦教授(川岛)的一小段对话:

章廷谦说："俞平伯写东西，出发点并不是坏的，就是没和政治联系，一经分析就坏了。"王瑶接着说："任何问题，一加上马克思主义就有问题,我们就是不会掌握它。"章认为："从俞平伯那里开刀来批判胡适思想似乎不太恰当。"又说："我虽曾和胡适有过来往，那只是一般的师生关系，思想影响并没有什么，因为我和鲁迅比胡适更密切。"……章对王瑶说："胡适的实验主义在当时是好的。"王良久未作答复,最后说:"是呀。"（见1954年12月8日《北大中文系教授章廷谦、王瑶对学术讨论的一些反映》）

参与斗争运动往往需要界线分明，容不得一丝的犹豫，王瑶的表态多少显得摇摆不定，他对落后教授章廷谦无原则的附和自然招致系总支的不满。

王瑶对自己参与学术批判运动多少感到有些无奈和被迫，在1955年4月10日民盟区委扩大会议上他就坦率承认："我最初为了表明态度，所以不能不发言，很被动，可以说是被推上前线的。总感到在报纸上写文章没有价值，不如登在学报上能永垂不朽。"他说，参加斗争以后，才发现过去进行了一些学术研究、版本考据等工作，没有很明确的目的性，现在才体会到哪些学术工作才是人民需要的。他举了一个例子，说一开始写学术思想批判的文章时，按时兴体例，时常用到"我们马克思主义者"句式，初写时很不习惯，觉得有些肉麻，后来经过思想斗争，才觉得到了前线就不能不承认自己应该是马克思主义者。他用了一个比喻来形容自己的进步："这好像做了民兵以后，慢慢也就习惯做正规军了。由于现在我能够从正面来叙述意见，就进一步认清资产阶级思想的错误，觉得考虑问题、写文章都有了进步。"（见1955年5月27日市高校党委办公室动态简报第98期《北京大学几个教师对学术思想批判的反映》) 王瑶自以为写文章大有进步,并且有正规军、当然的"马克思主义者"的自信感觉,实际上这与校、系党组织对他的内部评价有相当大的距离,与他的良好判断之间存有严重的误差。

二

从现存的文件来看,北大党组织对王瑶的政治评价一向较为负面,认为他多从个人名利、兴趣出发,完全不顾教学需要,走粉红色的个人主义道路。

王瑶说:"你们党员有寄托,我就是为名利,在学术上谋一地位,不然我还做什么。"教学极不认真。(见1954年7月高校党委宣传部《北大、清华教授中资产阶级思想的一些表现》)

北大中文系教授王瑶说:"过去搞革命你们上山沟,我们搞学问,这条路也没走错。革命靠你们领导,建设就得靠我们。"(见1957年3月21日高校党委《关于政治和业务关系上的五种不正确的看法》)

在对助教的培养上,他们以个人名利引诱青年,如王瑶等人找助教合写文章,"我得名,你得利"。(见1958年4月北大中文系总支《北京大学中文系语文专业在教学及科学研究中存在的问题和今后改进的初步意见》)

谢道渊(北大党委副书记)说:王力、王瑶、汤佩松,他们基本论点:一切人都是自私自利。把知识当作商品,一分钱一分货。王瑶说,解放前后我们变化,金圆券变成人民币,适应环境。王瑶到处宣传一万元真过瘾,解放前书出了许多错误,在解放后出版。高教部委任他们搞教材,结果不搞,自己搞私货。他们和党对立,要两面手法。(见1958年5月27日高校党委《北京高校宣传工作会议大会记录》)

北大党委不知从何处断章取义,向上报告称:"王瑶说,上课马克思,下课牛克思,回家法西斯。"以此来说明王瑶的两面性和隐蔽性,显示高级知识分子对党三心二意的政治态度。这句话顿时成了思想落后教授的典型名言,连续两三年间被周扬、杨秀峰等文教主管者在报告中不断引用。在1958年中共一次高层会上,市委书记处书记郑天翔又把这句话引进《关于知识分子的思想改造》的报告中,更使王瑶这句名言在党内高层干部中广泛知晓。郑天翔做此报告的主旨之一就是强烈抨击了自私自利、唯利是图的资产阶级个人主义:"高级知识分子脑子里实际上并没有什么社会主义和六亿人民,他们中有不少市侩主义的典型。"

以王瑶为例延伸开来,该报告还刻意描述了知识分子出书、拿稿费的过程,以此谴责他们争名夺利的市侩行径:"(王瑶这类旧知识分子)成天写文章,拿稿费。写文章的态度也极不严肃,为了多拿稿费,故意拉得又长又臭,想落得名利双收。写文章、出书常常是赶行情、看风头,并且很善于和出版社讲价钱。"

到了1959年初春,党内对高校"双反"运动已有不少议论和反思,中宣部部长陆定一依然坚持认为1958年对资产阶级教授的批判是必要的,因为"击破了资产阶级教授学术的垄断和欺骗,揭露了许多没有知识的骗子"。用词之重之偏,显见高层对旧式教授的成见之深、敌意之浓。

因为在1957年鸣放时王瑶、游国恩等老教师并没有适时暴露反动言行,因而缺乏划右派的硬性条件,只是被内部定为"中右"。他们有幸逃过一劫，但所在的中国文学史教研室却近乎全军覆没，13个助教中就有10个划为右派。校党委内部讨论认定，助教及学生被毒害变质，王瑶等旧教员不能辞其咎。证据之一就是，系里部分研究生希望自己将来做一个"王瑶"，稿费多，"名气"大。有学生宣称要"15年赶上游国恩"。

1957年中文系曾展开一场文学和语言划分专业的讨论，游国恩、王瑶等教研室骨干希望在分专业以后，所有的语言课都来为古典文学服务，即只开设古汉语、音韵学、文字学等三门课，现代汉语被取消。系总支把这一举动视为旧教授"想把中文系拖回解放前国文系道路的严重复古主义企图"。总支看好的"人民口头创作"这一新课被挤到可怜的地位上，王瑶还极力主张这门课改为选修。这种排斥颇让总支负责干部不满，悄悄地记上一笔，归结到教学方向上两条道路斗争的高度上去。

三

北大的"双反"运动从1958年2月底开始酝酿，党委提出这是"我们与资产阶级知识分子接近最后的决定性的一战"。经过两周的准备阶段，3月10日全校动员以后，一天内贴出8万份大字报，三天内大字报上升到17万7千份。北大党委4月21日称，以往批评不得的老教授都被几十份以至几百份的大字报指名批评了，过去人与人之间"隔着的一张纸"已被戳破了，许多受资产阶级思想严重腐蚀的得意门生翻箱倒柜，撕破脸揭底，把导师的肮脏东西都抖出来见阳光。（见《中共北京大学委员会关于北京大学双反运动中教授思想改造的情况报告》）

根据市委指示，北大党委动员教授中的中右分子和没有戴帽子的右派分子（约占全体教授的三分之一强）自动缴械，向党交心，并且讲清：只要他们自动揭发和批判自己的错误言行，可以不按右派分子处理。北大为此推出了"谈心会""交心会"的形式，校党委负责人称这是运动中出现的教授们喜欢、卸掉包袱的好方式。实际上这是一场有预谋的捉对混战，就是迫使有问题的教授"真正烧到痛处"，而且事后不少教授还不得不表态，"这次是要烧红不是要烧焦"。

在这场摊牌大战中，首先向王瑶开火的是中文系二年级学生组织的鲁迅文学社，他们看到哲学系同学竟敢批判冯友兰等权威，于是也提出要批判王瑶的《中国新文学史稿》。一开始学生多少有自卑的情绪："人家是教授，我们才是二年级学生，怎么批判得了？"经过系总支的鼓励，文学社内展开了大辩论，最终他们决定分成七个小组，分工阅读王瑶的著作，以延安文艺座谈会讲话精神和几次文代会文件为武器，大胆向权威挑战。不到一周，就集体写出七篇批判王瑶的论文。据系总支收集到的情况，王瑶阅读后虽然内心不服输，但也不得不公开承认"同学们批判得对"。

旧日教授惶惶不可终日，不少人只能以多种自虐的方式自保。1958年8月，北大党委统战部副部长赵国栋在市委内刊《北京工作》发表《发动群众，破除迷信，对资产阶级学术思想展开批判》一文，文章中披露，北大大多数教授情绪消沉，唯恐"学术"这个最后的资本被剥夺后，自己就完全被否定了，名誉和地位也将保不住。有的中右教授甚至主动要求党组织分配学生对他进行批判，让学生跟他们订批判合同。

周扬对北大这种斗争的奇观颇为赞赏，在1958年9月6日全国中文系协作组会议上讲话，认为学生自己起来革命了，向王瑶、游国恩开火，学校局面打开了，轰开了阵地。这对于整个学术界都是一件大事，将来文学史上也要写进去。他说："保持对立面有好处，像王瑶、游国恩不服气很好，正好继续批判……整风经验证明，经过群众批判，什么问题都能搞深刻。"（见高校党委办公室整理的周扬讲话记录稿）

1958年"双反"运动高潮之际，中共高层对旧教授的蔑视、嘲讽已经不加掩饰了，在公开场合几番贬低。1958年5月八大二次会议上，毛泽东就讲道："要破除迷信，敢想敢干，不怕教授。"（大意）也有人提出："要把教授的名声搞臭。"康生在1958年6月中宣部一次政治教育工作会议上，张口就对一大批教授的学术予以全盘否定，其中点道："不要迷信那些人，像北大的游国恩、王瑶，那些人没什么实学，都是搞版本的，实际上不过是文字游戏。"他甚至拿自身的爱好作为刻薄人的依据："我把这种事当作是业务的消遣，疲劳后的休息，找几本书对一对，谁都可以干。王瑶他们并没有分清什么是糟粕，什么是精华。"这种信口开河、不分轻重的轻蔑式点评，一经传达，势必使北大校园内斗争的狂飙愈加激烈。

四

游国恩、王瑶等人对1958年学术思想批判虽有意见，但不敢表露出来。直到1959年8月民盟、九三机关干部来北大访问，从记录中可以看出游国恩抵触最大，根本不服输，还气呼呼地说："领导上应该掌握，不要一棍子打死，批判要说理，不要用刺激字眼。"王瑶则小心地表示："过去搞学术批判是破立问题，不一定一方面全对，老教师至今还有余痛。现在又提出向老教师学习，难免新仇旧恨一齐勾起来。现在教授之间很少谈心，像我们这样聊天，已经两年没有了。"

大家说我有顾虑,写文章少,大概就是有顾虑,文章就是不好写。"(见1959年8月22日市委大学部工作简报增刊一号)

沉寂两三年后,1961年年初"神仙会"成了众人发牢骚的一种有效形式,王瑶的发言显目但依旧不失分寸。到了5月份中宣部召开文科教材编选计划会议,作为特邀专家、党外教授,在会上颇受礼遇,多方鼓舞之下,游国恩、王瑶压抑许久的情绪终于被引爆,留下的发言记录多达数千字。

游国恩认为,1958年"双反"运动追求不必要的尖锐,批判者以正面人物自居,盛气凌人,开口就是你这个资产阶级如何如何,使人接受不了。相比之下,王瑶从容展开,叙述有据,逻辑性强,极富感染力。

王瑶说:"学生社会活动多,学得不好;脱离政治的,学得好,因此就规定打'表现分'。考试前同学先要复习提纲,然后又要指明重点,有了重点,又要求先生讲出简明扼要的答案。我们不敢出偏题,出个题目是重点而又重点,又都是理论化。因此考试成绩总是五分,可是他们学了文学史,可以不知道律诗是八句。"

王瑶说:"过去先生可以毫无顾忌地对学生谈自己的体会,现在要我与学生个别接触,就存在戒备,说不定那一次接触,他说你给他散布了资产阶级影响,要来批判你。两个人的谈话又无从查对,反正学生总是对的,你只有检讨权,没有解释权,而且是越解释越糟糕。原来是三篇文章批判你,一解释就会有三十篇。有的学生会上批判你,会后又来向你解释,说是因为有了压力才批判的,弄得你啼笑皆非。"

王瑶举了几个难忘的例子,来说明情感难以平服的程度。一是批胡风的会议上，王瑶自称是从无产阶级立场出发批判，有同学当场指责："你算什么无产阶级？"这让觉得已投降无产阶级的王瑶无地自容；二是上课时王瑶一次无意中提到张瑞芳、崔嵬，习惯称之为"电影明星"，同学们一听炸了，说是不尊重人民演员，应是腐朽的资产阶级观点的表露；三是先生要到学生宿舍搞科研，学生勒令先生何时交多少自我批判文字，学生编委会修改先生的稿件，这些事王瑶都一一顺从，到了最后学生还要强迫先生回答："你对改的有什么体会，感到有什么帮助？"这就强人所难，让王瑶有一种屈辱的"被告情绪"。

林庚教授委婉地辩解说："老教师出身不好，是资产阶级学者，但解放已十一年了，他们也都是在马列主义旗帜下工作，到底是否还有资产阶级观点，可以调查研究一下。"高名凯教授委屈地说道："现在客观上形成一种空气，只要谁一受批判就一钱不值了。知识分子就是有点学问，学问上完了，也就完了。先生的意见只要遭到同学反对，往往不会坚持，或者点头称是，或者沉默不语。老年人一说话，学生总是先考虑'你是资产阶级'，对老教师没有信仰。"王瑶接着说："目前大学的学术空气不浓，老教师力求稳妥，力求不犯错误，这是妨碍学术发展的。《红旗》社论说，学术问题应当允许犯错误。这一条能认真贯彻就好了。以往一个问题的争论总有一方被说成是'资产阶级'，自己要坚持真理，很不容易，也没有自信。"

王瑶渴望在学校能存有一个正常的学术气氛，他要在场的领导表态，能否在基础课教学中讲自己的看法？他对目前的学生受教能力颇为怀疑，深感学生已有僵化、单一的思维，业务水平直线下降。他举了一个实际例子来引证学生的学习缺陷和简单化："青年人在评论作品时有三多，一是爱国主义，二是人民性，三是局限性。"（以上均见1961年5月8日《高等学校部分党外教授在中宣部召开的文科教材

编选计划会议上发表的意见》)

五

1962年初春甄别时,是否在大会上向群众交代问题,中文系总支有些犹豫不决,但市委大学部逼迫各校所有系总支必须交代甄别结果,要求各系坚决、认真地做好这一工作。中文系总支来人征求王瑶意见,他先谨慎地答道:"知识分子有过多的敏感,在群众中一谈,好像是'平反',不好。"总支提出可以用总结工作的形式来谈时,王瑶也表示同意,说:"总结一下还是有好处的。"在政治上自洁的游国恩对公开甄别的方式表示反对,他说:"还在群众中谈什么?难道运动对我有什么损失?你们把我看成什么人呢?"在甄别会举行时他主动请假不到场。

会前文学史教研室有些非党积极分子生怕否定1958年学术批判运动的成绩,不认可甄别提纲的一些提法,他们提到的一点是:"说王瑶写的《中国新文学史稿》'抹杀党的领导'并不过分。"坚决不同意甄别提纲中说这一点"提得过高了"。系总支在开会前紧急地删掉了这一条文字。

不出预料,聚集两派观点的甄别会形成顶牛的局面。章廷谦教授指责系里有些人为"打手",导致一部分与会者与之争执。王瑶两次发言中谈到运动中的缺点时,情绪比较激动,带着一股怨气说:"当时只有批评者发言的权利,没有被批评者发言的权利。学生还骂我说,'你是资产阶级教授,在书中还自称我们马克思主义者,羞不羞?'难道我愿意努力应用马克思主义有什么不对?但当时也不敢反驳。"面对会场上的僵局和怒气,系总支书记程贤策在会上承认:"当时批判是有些简单化的地方,对王瑶先生《中国新文学史稿》的批判简单

1962年，王瑶在北京大学中关园寓所前（48岁）

化的地方更多一些。"会场的空气这才逐渐和缓下来，王瑶的表情才略显轻松。（见1962年3月14日大学部简报《北大中文系党总支向本系教师交代对王力等教授甄别结果的情况》）

　　实际上此次甄别到了中文系层次还是有大事化小之嫌，对于过火的1958年学术批判运动，在群众中交代时只是含糊其辞地说："有些地方混淆了学术与政治的界限"、"有些地方简单粗糙"。市委大学部在简报中都觉得"这样的交代不够彻底"。甄别后一段时间，王瑶一反几年的消沉，主动向研究生指定阅读书目。游国恩、王瑶等人上课时，座无虚席。市委大学部夏瑜来系里调查，欣喜地发现一些新的变化："游国恩教授被批判后，心灰意懒，很少提起他的《楚辞》，现在和青年教师谈《楚辞》，一谈就是三四个钟头，并已写出两篇论文，做了几次学术报告。王瑶副教授主动检查研究生的学习笔记,有时晚上、星期天还作辅导。"(见1962年4月6日大学部简报《北大党外教师甄别交代工作已基本结束》)眼见昔日挨批对象重新"红火",系里积极分子担心青年师生又会对他们产生迷信,有些人跑去问总支:我们和王瑶这些人之间究竟还有没有两条道路斗争?我们应当硬一点,不要像甄别时那么软。总支当时只能不置可否。

到了1965年1月,教育界风雨欲来,王瑶又成了既定、习而熟之的斗争靶子。这位1935年曾经入党、1937年脱党的学者被戴上"一贯追求个人名利、满腹牢骚对党不满"的铁定帽子,罪名之一是"蓄意攻击党的文艺政策"。实际上1962年后王瑶已很少给学生授课,他自己也觉得搞现代文学史"风险大",对本科学生讲课仍不敢讲自己的见解,以后有机会还是去搞古典文学史,可以免掉诸多政治性顾虑。他只是在1963年给北大中文系研究生做过几次辅导,1964年在新疆大学讲过鲁迅、五四散文、曹禺等专题,但仍然被人从中找到"不满情绪"的证据。(需要补充一点的是,在这个时间段中的1963年王瑶才由副教授提升为三级教授,升级之不易多少看出一点政治性怠慢。1958年内部曾有中右分子提级缓办的通知。)

王瑶最大胆放言的当属1963年4月给本系研究生做辅导之时,学生们所记的笔记约有几万字,批判者轻易地就可以扒拉到成堆的"思想罪证"。譬如王瑶说,1958年对巴金的批判过火了,批判巴金,只剩了《家》,对《家》的评价过低,实际巴金所宣扬的无政府主义在当时对革命起了积极的作用;又如,王瑶对瞿秋白、鲁迅的早期散文三言两语,而对资产阶级个人主义作家冰心、郁达夫等人捧得很高,等等。

最值得注意的是,在那样晦暗的时候,王瑶已经提及"曹禺解放后没有写出超过《雷雨》的作品"的原因,敢于直面,无所顾忌,这是多么犯忌、惹祸的超前言说。

原因是:第一,曹禺解放后受了题材的限制,写自己熟悉的地主家庭没现实意义,作家也不愿写,但对新的又不了解;第二,曹禺很受拘束,总是挖得不深,写到一定程度就不敢放手写了,感到压力大,较紧张。对党的政策有顾虑,对自己过多地否定过多地修改,写的人物束手束脚,人家怎么讲就怎么改,例如《胆剑篇》引不起人的激动,怕对勾践肯定得太多,像论文一样,分析正确了,但不能给人带来艺术的激动,作家太拘束了,有畏缩情绪;第三,艺术形式限制了他的才华。曹禺对悲剧艺术形式有研究,新社会能否写悲剧至今仍是一个问题。曹禺没写过正剧与喜剧,又不能写悲剧;第四,没有创作冲动。曹禺认为在新社会里作家应该写的和能写的存在着矛盾,拿不准,没有创作冲动。(见市委大学部1965年1月15日《教育界情况》第28期《王瑶在讲课中攻击党的文艺政策宣扬资产阶级文艺思想》

市委几个相关部门很快注意到王瑶的这个言论,归纳为"王瑶借为曹禺鸣不平来发泄不满情绪"。

"鸣不平"、"不满情绪",这就是畸形年代主政者最容易给王瑶贴上的政治标签,这些可怕的"评论"随手一拈,能让重负者在愈演逾烈的风暴眼中蹒跚而行,迹近绝路。

蔡旭

蔡旭，遗传育种学家，农业教育家，中国小麦杂交育种的开拓者。1911年5月12日生于江苏省武进县。1934年毕业于南京中央大学农学院农艺系。后任南京、重庆中央大学农艺系教师，成都四川农业改进所技士。1945年赴美，在明尼苏达大学、康奈尔大学进修并访问。1946年任北京大学农学院农艺系副教授。1949年任北京农业大学农学系教授、系主任。1970年随校搬迁至陕北，在洛川、清泉坚持进行小麦育种。1972年随校迁回北京，先后任研究生院副院长、副校长、顾问。1985年12月15日逝世于北京。

蔡旭：大跃进"小麦王"的苦恼

一

20世纪50年代初期知名小麦育种专家蔡旭出任北京农业大学农学系主任，他为人低调，忠于职守，长年出没在小麦试验田里。北京市高校党委会1953年4月一份内部工作报告中客观评价他："埋头苦干，踏踏实实。"凭着出众的选种专业能力，他选育的优良品种直接让广大麦农受益，让土质情况并不良好的华北地区的小麦收成有了保障。据1957年3月北京市高校党委会评估，他培育的品种已经推广到1700万亩以上。

但农业大学党委一直把蔡旭视为"和党有距离"的思想落后教授，使用时暗地里控制，借着几次思想运动杀他的学术威风。有一任党委书记曾经极为蔑视地说，蔡旭能育出好种，就是碰运气。

1953年掀起学习苏联教学大纲的热潮，学校里团员教师认为，在学习苏联教材后教授们也同样很多地方也不懂，也需要从头学起，在苏联教学大纲面前，大家一律平等。他们提出："有了苏联专家，我们是否还要向旧教授学习？"蔡旭在那段时日积极参与小麦选种，从试验结果看，他负责的小麦品种比华北农科研究所还要好一些，已被华北农业部门采用。但在苏联专家占话语优势的情况下，整个环境带有极强的政治歧视性,他的处境孤零、失重,内心的失落感是颇为强烈的。

自从米丘林派和莫尔干派之间相争抹上政治色彩后,蔡旭和另一位知名玉米选种教授李竞雄被校方列入莫尔干派,认定他们虽然不敢公开反对米丘林学派,暗中却十分抗拒。有趣的是,蔡旭反而说自己这一套就是米丘林派。校方不认可蔡的表态,采取了变相封杀的一系列措施。农学系掌握实权的党员副主任姜秉权跟系里青年团员教师说:"他们改造起来很难,就是改造了也没有什么用,因为他们除了错误的观点外,就没有什么技术。批判后说是从头学起,和一个学生差不多,改造他们又费劲,不如培养新的。"姜秉权不愿让蔡旭教书,让讲师刘中宣去教蔡旭所开的课,变相停了蔡旭的课,而刘中宣过去因故被管制,刚解除半年,就因为刘向系总支高调表示学习苏联而被姜秉权选中。(见1953年4月18日市高校党委《高等学校党团员在执行知识分子政策中的一些问题》)在当时还不算严厉的政治环境中,蔡旭在政治、业务上竟然不如一个曾被管制的年轻讲师,此举招致系里不少教员的不满和非议。

1950年初春著名遗传专家、蔡旭的前任李竞钧不堪重压悄然去国不归,此事波及海外学界,议论多为负面,令中共高层震怒。在毛泽东、周恩来直接过问之下,把领导方法粗暴的农业大学党政一把手、延安时期农业领导者乐天宇调离。"乐天宇事件"本是纠左性质,情理上学校后任领导应引以为戒,但后任几届领导都带有天然的极左倾向,对高级知识分子多采取高压管控的措施,有的做法甚至比乐天宇还过激。

1953年文化人出身的华东局施平从上海调来北京,出任农业大学副校长,后任党委书记,他做事平稳,形象相对谦和,一到校颇受教授们的认同。蔡旭、李竞雄、沈其益三位校内著名右倾教授到了施平家中诉苦，一一细说党总支压制打击的具体事例，谈到深夜十二点，三位教授都流出眼泪。1959年11月反右倾运动中，已不获上级信任的施平被迫做检查报告，在11月29日第四次检查报告回忆当时情景："我一到校，受了资产阶级教授的包围、哭诉……他们三人在我家谈到深夜，三人都哭了，把我的心都哭软了。我认为办学校靠教授，把这些人搞翻了，我很恼火，要整党总支这些同志。这场斗争使进步力量受到很大打击，得到教授喝彩。"（见1959年11月29日市委大学部简报第14期）

施平让农学系总支姜秉权向教授们承认错误，党总支要请求处分，公开检讨。但系总支始终不愿向教授们承认犯了原则性错误，施平总是觉得不满意，但也很无奈。

二

在五六十年代，在北京高校存在一个长久现象，就是凡是对教授有诚意、有相助之心的党委书记，往往最后总被视为"右倾"而落难，政治结局都不是太好。农业大学在北京是一个"左祸"厉害得出名的单位，施平做了几年书记就难以为继，逐渐控制不了学校大局。他与知识分子交好的温和举动不被上级喜欢，1959年底在反右倾运动中挨批时，他自己检讨说："在学术上帮资产阶级教授吹嘘，替他们争地位、争待遇，使他们改造受影响。"

1953年施平的到任及带有温和性质的施政，改善了蔡旭原本的困难处境，党委宣布从学术上给他摘掉了"反动"帽子，肯定了他科研成绩，安排他任市人民代表和系主任，使他解除了多年的困扰和顾虑，工作热情一度很高,并且提出入党的要求。在一份名为《农大教授蔡旭的思想是怎样进步的》的内部文件中,具体写出如何促使他进步的事项:

> 蔡旭原来是一个思想比较落后的教授,和党也有距离,经过党的工作和深入农村联系实际进行科研的结果,思想上有了较大的进步。
>
> 每次生产实习以前,都向他反映学生思想上存在的问题,帮他分析研究,然后由蔡向学生作思想动员报告。
>
> 组织他到外校参观,他在参观东北、西北、山东等农学院之后,感到很有启发。回来后就提出要教师们创造直观教具,准备开展览会。
>
> 肃反运动中派他做小组长,领导上有事就找他商量,教育他擦亮眼睛,划清敌我。(见1957年3月20日市高校党委简报)

可是这种思想性的"进步"只能是短暂的,一逢剧烈的外在运动就根本无法持久。1958年大跃进运动深入之后,蔡旭就吃力地跟不上,从开始的迷糊到最后的怀疑,行动消极,再次被校党委树为"思想落后"的典型。此时发生了闻名全国的"小麦王会师"事件:在一次跃进交流会上,作为"学堂小麦王"的蔡旭对会上推介的丰产经验再三挑剔,气得被称做"农民小麦王"的河南固城县一位劳模要他去那儿种五亩试验田来比个高低。市高校党委办公室杨朝俶1958年7月15日发自现场的报告称,蔡旭不愿去打"擂台赛",对此昂然回答:"我只管总结经验,不管种试验田。"杨朝俶在报告中认为,这与哲学教授冯友兰所谓自己是足球教练,不管踢只管教,以维持自己的臭架子是一样的思想。(见1958年7月15日杨朝俶致高校党委常委《关于当前科学工作、科普工作中的几个问题的汇报》)

"小麦王会师"事件影响颇大,康生、陈伯达多少怂恿、鼓动蔡旭去应战,连毛泽东都来打听此事的由来和结果。中共高层领导经常拿此做话题发议论,有的甚至编排小故事小场景,多有浓烈地嘲笑教授之意。

蔡旭对报上登载小麦亩产 3530 斤的记录是不相信的,当别人征求他意见时,他明确地表态:"对这点我尚有怀疑。"6 月 17 日他接到一个毕业生徐宗贤的来信,说自己在河南看到所谓双千斤的丰产纪录是假的,只有八百多斤。他看后更认为丰产纪录是不可靠的。作为有经验的"学堂小麦王",他只相信自己的眼睛,从湖北谷城参观回来后悄悄地对助教说:"在外面看了半天,千斤还是在我们这儿。"这让农学系党总支书记、后任学校党委副书记吕恒甲颇为恼火,在 1958 年 7 月市委教育会议发言中指名批判蔡旭的"狂妄无人",高调指出:"总之资产阶级教授是不相信劳动人民的智慧的,反过来自己则很骄傲的。"(见 1958 年 7 月吕恒甲发言稿《坚决贯彻中央的教育方针,彻底改变农业教学严重脱离实际的倾向》)

吕恒甲在发言中指责蔡旭保守思想严重,不是力争上游,而是甘居下游。在搞丰产田制定指标和措施时,催促报小麦丰产田指标,蔡旭起初只提每亩 750 斤,后来参观了外面大跃进火热场面,回来后只是提高到 1000 斤。再让报第二年指标,蔡旭只肯提每亩 1600 斤,再不肯往上提了。后来中国农业科学院公开向他挑战亩产 8000 斤,他吓了一跳,无奈之下被迫应战,只好跟着说搞 8100 斤,仅仅比别人多 100 斤,这让校方大为不快,在党总支的再三逼迫下又涨到 8500 斤。紧接着青年教师出马高喊要搞万斤,目标直指名教授。蔡旭万般棘手,也只能极为勉强、配合式地表态说也要搞万斤。蔡旭等一些教授知道这种"放卫星"的方法不讲理,背地里忧心忡忡地议论道:

"现在农民及青年教师提出的许多指标不过是说大话，没有根据。"

农大党委最为炫耀的是，"部分青年教师职员搞了一块白薯丰产田，连夜突击深耕三尺，施肥七层，每亩施底肥七万斤，做一尺五的高垄，密植，每垄种六到八行（一般垄只种一行），每亩插白薯秧一万七千株，预计亩产五万斤。"一亩能插白薯秧一万七千株，简直让人下脚都很困难了。这种忽视种植规律、近乎胡闹的浮夸行为，居然作为先进经验速报到中央高层，这些令人晕眩的数字是会让高层欣喜不已的。而有田地经历的蔡旭自然能感受到其中的症结所在，他的担心、怀疑只能私下嘀咕。

校、系党组织认为蔡旭在制定技术措施上也是极为保守的，他们不知通过什么方式计算和衡量，一口咬定蔡旭所定万斤指标小麦需要的技术措施只能打9000斤小麦。别人提出应当是十分指标、十二分措施，应当有两本账，应当按第二本账制定措施。而蔡旭则主张第二本账应当比第一本账低，这样才稳妥可靠。

在看上去热火朝天的大跃进时代，蔡旭勉强度日，应付了事，行事这样不适宜、不合拍，自然招致学校党委的强烈不满，把蔡旭怀疑高产卫星田与俞大绂怀疑水稻高粱杂交品种成功、李竞雄认为丰产田没有研究价值，同列为农业大学大跃进运动中"思想落后反动"教授最为典型的三大宗罪。

三

中央文教领导小组副组长康生1958年7月1日、3日晚两次参观北京高校跃进展览会，几次针对农业大学发表意见。他说，农业大学学生应该做到亩产3000斤，达不到就不能毕业。教授级别也应该这样评，亩产5000斤的一级，4000斤的二级，1000斤的五级。他特别点了蔡旭的名字："现在农民对农业学校将了一军，农民亩产5000斤，农大赶不上，就坐不住。蔡旭不变，教授就不好当了。有人将军，有对立面就好。"（见1958年7月4日北京市高校党委《高校动态简报》第3期）康生在这里暗示，蔡旭如再不跟上火热的形势，可以以落伍者相待或自然淘汰，可以作为对立面的典型人物。

蔡旭他们很快就成了运动的反面角色，收集材料多半带着"看笑话"的成分。已升任学校党委副书记的吕恒甲在市委教育会议上非常完整地描述了蔡旭灌浆的故事，抓住一点失误，刻意突出了资产阶级教授"愚蠢"、"可笑"的特征，赢得与会者的一阵阵哄笑：

> 有些教师只知道书本上的教条，实际生产经验非常贫乏，只会讲理论，不会实际操作。今年学校号召教师自己种试验田，指导同学的勤工俭学农场生产，出了不少笑话。
>
> 农学系主任蔡旭种了二亩小麦丰产田，在六月初正值小麦灌浆之际，需要浇硫酸铵和过磷酸石灰的混合液，蔡旭教授让助教浇灌20%的浓度，助教当即提出是否太浓了，蔡说："没有问题，苏联有这样做的。"助教仍感到太浓，用14%浇了，结果三天后很多麦子枯死，有的麦穗上出现硫铵的结晶。后来赶快灌水补救，但仍然造成减产10%至20%。事后助教问蔡旭有什么根据，蔡旭即找出一本苏联书来，但书上写的是在一公顷土地上喷二十斤硫铵，而且是用飞机喷洒的。这些非常重要的条件都被忽略掉了，最后蔡旭也不得不承认是自己搞错了。

（见1958年8月6日市委编印《北京工作》第242期）

吕恒甲还说，以蔡旭为代表的农学系教师实际没有生产经验，只会讲理论，不会农业栽培耕作上的一些基本操作，如平整土地、开沟、播种等，要农场工人来教。同学请教先生如何追肥，教师自己也不懂。有些教师连基本的农业常识都是缺乏的。如因为讲义印错了，栽培教研组讲师廉平湖告诉同学棉花应该10月打顶，实际上每个农民都知道是8月打顶。

在严酷的政治运动中，这种挖苦、嘲讽还只是轻微程度的言行，更惨烈的是大动炮火、伤筋动骨的批判阵势。大跃进之后的四年里，农业大学沿用反右派斗争的方法，在全校55名教授中共批判了33人，蔡旭是首当其冲、被人攻击最凶的批判对象。校方还毫无根据地追查所谓"盘踞在农经系的反动集团"，开大会进行了斗争。党组织可以给他们随意戴上"帝国主义分子的孝子贤孙"等政治帽子，动辄就开全校师生大会进行专题揭发，还以画漫画、演活报剧等形式极尽丑化之能事。同时把师生大部下放到农村，逼迫教授们在自然条件不好的乡村接受劳动锻炼，彻底改造思想和教学体系。学校党委借此审查过去全部的教科书和讲义，发动师生重新编写教材，聘请有经验的农民出任顾问。此举有意割绝教授们与过去的学术联系，了断他们旧的学术心思，逼使他们在险恶的农村环境中"自我革命"。

农业大学全校师生集体下放农村是毛泽东的意图，由康生竭力促成的。下放点除了稍近的河北、山西、山东、河南外，还有青海、宁夏、内蒙古艰苦的边远地区，整个教学环境变得杂乱和恶劣。下放三个月后，农业大学党委给毛泽东、康生写信汇报说：

> 尊重劳动的思想已经普遍在生长，业务上也感到有可学习。耕作学教授孙渠（左）、土壤学教授叶和才（左）虚心踏实地向农民学习，记在小本上的东西比学生还多。植物病教授裘维蕃（中左），在自我检查时说："过去对生活享受贪得无厌，养尊处优而不以为耻，是十足的剥削阶级思想。"棉花栽培副教

授马藩之(中中)在徐水参加大寺各庄的棉花丰产排,他说:"从卫星田更体会到一切是劳动创造的。"又说:"我们思想上若不能向农民看齐,就很难在工作中做出成绩。"玉米教授李竞雄(时而中中时而中右)下放前在学校里搞的一亩玉米丰产田只收到八百斤,在寿张参加了卫星田劳动后说:"我们在学校放不出卫星主要是被书本上的旧东西束缚住了。"

许多剥削阶级出身的学生感到这次下乡是一生生活与工作的转折点,深深感谢主席给他们安排这个伟大的课堂。储安平的女儿储望瑞,过去对父亲划为右派心里很不服气,认为她父亲是"好人说坏话",这次下放青海,亲身参加草原上对头人的诉苦斗争,看到喇嘛庙里的人头人骨,看到广大牧民翻身把共产党看成救命恩人,才真正认识到"党天下"是最反动的敌人才说的话。(见1958年12月8日《北京农业大学党委关于下放工作向中央的汇报》)

这么人数众多的大教授表示臣服、自污的态度,连储安平的女儿都说父亲的"党天下"是"最反动的敌人才说的话",这样的形势反映会让高层很受用。

因为学校党委规定,改造不好还要留下继续劳动改造,教授们生怕搞不好会延长锻炼时间,多有恐惧般的担忧。在下放教师中又散出"中国科学院不要老专家"的传言,大家对自己的前途刹那间感到摸不着底,又不好在人多场合议论,所以教授们多半比较沉默,说话谨慎。校党委报告称,"他们怕拔白旗,怕说错做错被'辩一下',怕我们不要他们,心里七上八下。"蔡旭所在的农学专业教师处境最为糟糕,频繁地被树为反面典型,被农民、学生屡屡"将军",在农村折腾许久心境溃乱。有一位教师统计说,他们已听农民讲课49次,像学生一样边听边做笔记。他们的专业学识已经在乡村被数落,仅剩下的学术尊严也荡然无存,几近废人,更担心一年后回校仍然教不了学生的功课。

教授们陷入思想挣扎的泥淖,而学校则愈发落入低劣、粗糙的教学环境。由于参加政治劳动运动过多,学生学习时间过少,考试制度松弛,教学质量一泻千里,不堪收拾。学校最后只在意于毕业生对活的生产知识、田间操作熟练与否?校方甚至提出一个简单的毕业标准:"一般毕业生掌握两三种主要作物丰产的理论和实际经验,初步学会了根据天、地、苗的情况决定栽培措施的本领,出去搞生产不胆怯。"(见1961年8月《农业大学农学专业今年毕业生和解放以来历届毕业生质量的比较》)校党委负责人爱说:"书本知识少了一些,但活的生产知识大大增加了。"并几次引用学生的话加以强调:"读书不如去种地,种地是又红又专、多快好省的道路。"只是让学生在简单的耕作栽培方面不胆怯,这让一生重视基础学问的蔡旭万分悲凉,只能长久默然不语。

四

大跃进后期,整个农业大学人人自危,气氛异常压抑。1958年12月8日农业大学党委就下放工作向中央汇报,最后一段也承认了学校局势的复杂性和微妙性:

> 我们对资产阶级知识分子的尖锐斗争已有一年多,他们现在心里的话深藏不露,情绪被动,顾虑很多,和我们的关系很紧张。根据市委指示,目前我们对这场斗争在策略上"松一松",在缓和的空气下让他们讲话。

在斗争绷紧的时节，学校想有意制造"缓和"空气，实际上是无济于事的。北京市高校党委1959年4月召开科学研究工作会议，与会者归纳认为，现在各高校老教师"是惊弓之鸟，只看风头讲话"。有人举例说："蔡旭研究防止小麦倒伏实验，害怕青年人在他做错以后批判他，宁肯自己单干。"（见1959年4月20日高校党委办公室《科学研究工作会议各小组讨论情况》）从这个细节可以体会出蔡旭的防范和冷峻，也可看出他内心的深深恐惧和不安。

实际上学校党委对学生的实际学习情况还是知晓的，在1961年也承认了多年政治运动和下放工作对教学的负面影响："1959年和今年（指1961年）毕业生，各种运动多，学生学习时间较少，遇到整风反右，没有认真考试，实验训练不够严格，教学实习也有放松。"（见1961年8月《农业大学农学专业今年毕业生和解放以来历届毕业生质量的比较》）1961年走极端之时，学校还开了耕作栽培专题，专门请农民劳模讲学，花费一百多个小时。这种教学方式只赶了一阵热潮，很快又在上级的纠偏之下被制止。

1961年形势见缓，高层领导力求以"和风细雨"的方式处理以往不快之事。市委大学部开会总结过去几年的经验教训，首先谈到的就是批判过度的现象：

> 由于我们和有关学校的党委对批判资产阶级学术思想运动缺少具体的领导和严格的控制，在运动中也发生了一些缺点和错误，批判的对象过多，对于左、中、右缺少区别对待；对于某些有错误的学术思想的人不适当地扣了"反动"、"白旗"等政治帽子；某些人的学术成就有一概否定的倾向。批判中有简单化的缺点，说服力不强，有的对学术上的是非也武断地作了结论，妨碍了百家争鸣。

提倡知识分子参加生产劳动，在群众中要以"普通劳动者"的身份出现是对的，但是不少同志强调了生产劳动，对书本知识有些忽视。有的学校甚至把学生的培养目标说成是"普通劳动者"，批判学生想当专家，使得有些学生认为既然大学毕业后只要求做一个"普通劳动者"，而不是红色专家，那就不必钻研科学了。这种片面性，使师生的积极性、读书的积极性受到影响，给教学带来损失。

在批判自然科学课程中的唯心主义、形而上学的观点时，往往没有经过认真的学术研究，甚至没有弄清问题所在，就简单地提到世界观甚至两条道路斗争的高度来批判，贴了一些标签，个别学校还在群众大会上做了批判报告，登了批判文章，造成了一些不必要的压力。有的学校甚至对每一门重要的课程都要重新提一个以什么为纲，使得这些课程的教学质量一度降低了。（见1961年12月22日市委大学部《关于三年来北京市高等学校党的工作中的几个问题和本学年度党的主要工作》）

大学部在总结中指出农业大学、医科院等几所左倾严重的高校在"拔白旗"运动中，对教师继续进行激烈的批判斗争是不适当的，势必混淆两类矛盾，混淆学术和政治的错误，实际的结果也是给一些人戴的政治帽子大了，对一些人的学术成就一概否定，批判的方式也比较简单粗暴，以致伤害了一部分中间分子和个别左派的积极性。

像蔡旭这样对大跃进的做法持异议的教授，大学部此时也表示："现在看来，当时这些人更多的是跟不上形势、对三面红旗和党的教育方针有怀疑和动摇，但还不是向党进攻，因此只应该对他们进行和风细雨的正面的教育，而不是应该进行重点批判。"大学部认为蔡旭他们所提的意见中有的还是正确的、合理的，如批评以教学为主的方针贯彻不够、基础课过分强调联系生产实际等。有些人对党的工作的缺点和错误提了意见，也被当成反党反社会主义来批判。

大学部承认，1958年的下半年、1960年上半年，我们和许多学校安排生产劳动、科学研究也过多，挤掉了不少教学时间，影响了教学的正常进行。同时有些学校在教学改革的过程中发生了一些缺点和错误，这样就使得一部分课程的教学质量有所降低。理工农医科许多基础课少学了或学得不好，基础课的习题和实验比较普遍地削弱了；文科历史课程的古代史部分一般都削弱了；各类学校对学生的基本技能的训练注重不够，学生的语文程度仍旧比较低。（见1961年12月22日市委大学部《关于三年来北京市高等学校党的工作中的几个问题和本学年度党的主要工作》）

大学部反省再三，此时大胆提出一条工作原则："在自然科学中，一般不要开展学术批判运动。"这只是一时宽慰般地说说而已，也没有任何高层人士敢于公开确认。到了1963年又紧锣密鼓地抓阶级斗争，稍许宽松的学校环境又拧上斗争之弦，蔡旭头顶的那把斗争利剑就始终高悬在上，没有松动之时。

写作本文时，笔者特意去北京市档案馆调出1962年北京市人大会议的录音带，难得地听到当年蔡旭教授的发言原声。时间过去50年，他的带有江浙的口音特别清晰，讲得缓慢而有激情。他似乎把市人大会议当作教堂，细细讲解优良品种推广的优势，讲到一个品种是"经过人工方法创造出来，有很多优点，枝干硬，不容易倒，可以抗若干种病害"。他说："利用优良品种，是提高单位产量的一个好办法。在同样一块土地上，同样肥料，利用优良品种增加产量，优势明显。"他还如实讲到现有品种的四个缺点和克服的办法，譬如有的品种改变本来面貌，抗病的变成不抗病的；有的优良品种不适应干旱的地方，不适应有特殊耐性的盐碱地,甚至比当地的品种还差。当地优良品种是我们劳动人民多少年创造的,在当地条件下局部地区产量比较高,需要把当地优良品种保留下来,充分利用;1956年以后病害发生改变,使我们正在推广优良品种也产生变化,耐病性差,使产量受到影响。

他建议:"普遍做好选种工作,必须大家动手,把盐碱地、干旱地的当地优良品种搞好。老农有经验,哪个品种好、差,每个地区不一样,需要依靠老农、干部,分析一块块地力,重视过去记录,在这片地区选用哪个品种好。充分地利用已经有的优良品种,盐碱地表现良好的品种保留住,为建立一套良好品种打下基础,为今后一两年选种做好准备。"

只有敬业、诚实的科学家,才会在那样客套的政治场合说出这样久违、不虚饰的专业性话语。他的发言长达半小时,但讲得条理清晰,不回避存在的问题。发言开始时按惯例都要对市长报告表示赞同,他照例说了之后补充道:"(市长报告)揭发了我们工作中的缺点和错误,暴露的,没有暴露的,经过分析,找出了原因,给每项工作指出正确的方向,引导我们各行工作从胜利走向胜利。"我听到他停顿一下,用真切的语气说:"我是一个种地的,很想搞好种植工作。"听了这些复杂意义构成的言语,我呆呆地凝想了许久,想象蔡旭先生经历大跃进之后酸楚不堪的五味心境。

冯定

冯定，1902年生于浙江省慈溪县。1921年毕业于省立师范学校。1925年考入上海商务印书馆，任编辑和函授部教员。1926年加入中国共产党，1927年赴莫斯科中山大学学习。1930年回国并参加地下工作，以"贝叶"等笔名在上海宣传马克思主义哲学。1938年后任皖南新四军政治部宣传教育科科长、抗日军政大学第五分校副校长。1947年后任中共中央华东局宣传部副部长。1952年6月，由上海调往北京，出任中共中央马列主义学院一分院副院长。其间出版《平凡的真理》《共产主义人生观》等理论专著影响甚广。1957年，毛泽东提名调往北京大学，任哲学系教授，后兼任北京大学党委副书记。1978年后出任北京大学副校长。为全国政协第二、第三、第四届委员，第五届常委。1983年逝世于北京。

冯定：大批判困局中的棋子

一

鉴于北大哲学系资产阶级教授占据主体、马克思主义哲学未能形成气候的情形，毛泽东等高层领导人决意把曾在上海华东局任职的党内著名哲学家冯定调进北大，此举实际上就是后来常说的"掺沙子"。20世纪50年代初期，冯定一篇论述资产阶级改造的文章颇受毛的好评，一时名声大振。按照毛的意思，1957年初春行政级别甚高、曾任马列学院分院院长的冯定进北大后并没有担任什么官职，只是单纯负责马克思主义的教学。他到校后自然成为红色哲学的品牌人物，转年间就出任北大党委副书记，长期负责学校的理论课教学工作。

有意思的是，思虑严谨、学风独特的冯定似乎并不为北京的哲学圈所容纳，他的一些理论观点时常被人怀疑和杯葛。尤其是到了1960年反对现代修正主义的斗争展开后，他带有温情色彩的人生观学说就很容易招致异议。那一年在高级党校讨论教科书，就有一些人指出冯定主持撰写的教科书第一章存在原则性的缺点，这让到会的北大哲学系人士大惊失色。系总支书记王庆淑紧张得递条子给助教高宝钧，让他发言时有意遮掩，竟说事前没看过冯定写的那一章。

这是冯定在北大党内走背运的第一步，开始在斗争的锋刃两边谨

1956年6月14日,中共中央领导人接见参加拟制全国长期科学规划的科学家合影(局部)(二排左起第六人为冯定)

慎行走,不被高层所喜,也不为群众理解,逐渐酿成1964年大批判之困局。问题的复杂性在于,人们为他的哲学思辨光环笼罩时,纷纷为其叫好,一旦环境险恶,学术问题上升到政治高度,他又成了人人弃之唯恐不及的烫手山芋。

60年代初,北大哲学系曾高调总结了冯定的教学经验,并在校刊上醒目刊出。在高级党校有人揭发问题之后,哲学系总支跟风转向,在教学检查活动中抢先布置对冯定的专题检查,称之为"对冯定的修正主义观点进行了一定的斗争"。冯定不接受这样的检查方式及结果，系里也有不少人认为总支书记王庆淑有意打击老干部，总支搞错了。资历颇深的党员教师孔繁说，冯定是几十年的马克思主义者，不可能在理论上有错误。有人甚至唱反调地说，冯定写的第一章是全书最好的。

这让王庆淑及总支困惑不已，陷入两难境地：总结冯定讲课经验时批评她是"吹捧"冯定，现在批评冯定的教学观点又被说成是"斗争过火"，是在"政治投机"。熟悉内情的人知道，过去王庆淑和原总支书记汪子嵩之间闹矛盾时，冯定一度是支持王的，外界以为他们私下的关系是好的。王把冯捧得很高，编教科书时又鼓动冯挂帅，为了表示祝贺编书成功还特意请人写了《红书颂》。就在检查教学的敏感之时，冯还请王吃饭。只不过突然见到有人批冯，王有些慌乱，本能地想划清界限。据说，听到冯定问题被揭发时，王的第一个反应是："糟了，全国先进工作者代表大会我们是上不去了。"

在教研室开会时，冯定被认为做了过多的解释，态度很不冷静，空手而来，对大家意见只字未记，甚至几次发脾气打断别人发言。有人在做"忽视马克思主义哲学的阶级性与实践性"分析时，冯定听不下去，就插话说："错就错了，这我完全承认，现在问题不在这里……"有人提到讲课中"脱离社会实践是模糊了人和动物的质的区别"说法不妥，他大发雷霆地说："我绝不能同意这个意见，我冯定能这样讲吗？"还训斥发言者说："你们这样推下去，（我）岂不成了修正主义、反革命吗？"总支汇报说，在这次课程检查中冯定一直是比较被动，过多地考虑了个人，有时认为是专门针对自己，甚至有厌烦情绪，说了"要消毒"、"开大会检讨好了"、"不能再教书"之类的牢骚话。（见1960年北大哲学系总支《关于教改中检查冯定同志讲授"辩证唯物论与历史唯物论"课程汇报》）

一个堂堂的学校党委副书记、资深的哲学家居然被这样整治,他无法冷静面对这样的挑剔方式。他拒绝再去参加教研室会议,总支书记王庆淑就上门做工作,希望他应主动耐心听取群众的意见,改变被动的情况。冯定只好说,既然群众有意见,就再参加一次,但无时间认真考虑问题,只表示一个态度好了。他颇为伤感地对总支的人说:"我不冷静,这是气质问题,不能控制。我就是这样争论问题,过去在莫斯科学习时就这样。"高级党校此次围攻教科书,让冯定心生余悸,使他后来每次经过高级党校就心跳,情绪一直不快。

正在此时,中央高层对冯定问题有 指示下达:在讨论中不要急于戴政治帽子。这让骤变的形势有所缓和,校党委继续安排冯定讲授毛选四卷和历史唯物主义专题课,并负责培养重点师资,这样就让冯定逃过了一次信誉危机。

后来社教大批判之时,校党委人士为此检讨道:"对冯定在工作中极端不负责任是有所察觉的,对他的资产阶级处世哲学和错误的理论观点也是看到了,但思想麻痹,没有追查下去。"(党委宣传部副部长钟哲明1965年10月25日哲学系整风大会发言语)陆平在"四清"运动扫尾之时,1965年12月30日也在会上承认:"学校党委长期以来未发现冯定的修正主义,叫他领导哲学系十来年,是犯了严重的错误。1960年在高级党校对他进行批评以后,我们也没有引起足够警惕,追查下去,说明我们的政治嗅觉也是不灵的。"谈及那几年冯定的工作,陆平还以自我批评的口吻说道:"因为认为他是老干部、党员哲学家,就盲目信任他,采取了自由主义态度,放松了党组织对他的监管。"(见1966年1月5日《北大哲学系党员干部整风学习会议简报》第111期)

对于冯定在北大的状况,陆平他们那时基本都持这样一种警惕、防范的疏离态度,双方政治信任感较弱,总担心一方产生"定时爆炸"的

20 世纪五六十年代冯定的部分著作

政治后果。

1962 年教育部要冯定主持编写中学政治课本,这被视为绝对的政治信任。年轻助教孙伯鍨、郭罗基前往帮忙,发现冯定写作时不爱引用领袖人物的著作,甚至在编写"辩证法认识论"章节时,都不主张引用毛主席《实践论》和《矛盾论》的原文。这让年轻人大为惊讶,只能悄悄地用主席的原话而不加引号。(见 1965 年 10 月 28 日《北大哲学系党员干部整风学习会议简报》第 28 期)冯定这种不唯上、平实的学术个性,确实为以后的悲剧埋下了祸根。

在哲学系年轻教员的印象中,冯定对学术斗争不感兴趣,总是有意规避什么,像教研室适时组织关于"合二为一"问题的讨论,他就找借口拒绝参加。有的教员说,冯定在运动中有时反而起了促退作用。

二

1964 年 11 月,继调查组前期工作之后,中宣部开始在北大进行社教运动试点,由此进行了长达一年半载、交锋激烈、反复无常的拉锯战，冯定问题成了这场政治闹剧兼惨剧中一枚最具分量的棋子，在关键时刻双方都会用此无情地抛掷回击对手，血泪淋漓。

在中宣部副部长、北大社教工作队队长张磐石和北大党委书记、校长陆平之间的较量中，由于日常工作矛盾引发的不快，冯定一开始就偏向工作队一边，对陆平及陆平重用的王庆淑多有怨气。在社教运动初期陆平落败之时，冯定在党委常委会上的发言还是颇有锋芒，点中要害的：

……陆平、彭佩云同志你们是怎样去市委商量的，怎样利用市委负责同志的讲话？陆、彭讲的不一样？你们不弄清楚，我们很难判断……有些事情校常委会通不过，就到市委去一趟，回来说是市委的意见。

……对王庆淑的庇护，讲了一些事实，不一定讲完了。为什么对王庆淑万般爱护，而对反对王庆淑的同志则一定要弄个水落石出？路线是很明确的。

……陆平同志到北大不久，和江隆基（为陆平的前任）的关系上有问题：江在反右派上是有些错误的，陆与江闹不到一起，批评江右，有方向性错误是一件事，但弄到势不两立，不能共事，起码两方面都有问题，陆很不能容人。（见1964年11月30日北大社教工作队整理《北大党委常委会讨论哲学系整风问题的十八次会议纪要》）

冯定所说的这些话对于焦头烂额的陆平来说，是颇具杀伤力的，为张磐石他们形成的合围起了不小的作用。他还出席了1964年11月13日、14日哲学系党员教职工大会，集中说到陆平"偏爱、包庇王庆淑"，甚至说"王庆淑领导党委"。他把矛头指向陆平与市委的关系，向群众公开了党内的斗争秘密："陆平的一贯手法是遇到不好办的事，先找市委，以市委名义在常委贯彻。"

冯定还在会上表露他在严酷斗争中的柔性一面，他自诉说，听见哲学系某某人在党员登记时要被划为三类，"真是心惊肉跳"，知道某某人被说成是反三面红旗的代表，觉得"很寒心"等等。在1965年2月12日的一次小组会上，由于不满意学校党委常委会上对他的批评，他突然正式请求以后不参加常委会了，只愿意参加哲学系会议。（见1965年10月23日《北大哲学系党员干部整风学习会议简报》第14期）冯定这些近乎"决裂"的表态深获工作队的赞许，无疑也加深了陆平他们对他的不满和怨恨。

经过几个回合的相争，陆平的颓势、冯定的上扬很快显示出来。有一个细节颇能说明问题，陆平秘书杜采云1965年3月16日在党员干部会议小组会上发言，她说："那段时间，冯定同志能看文件，陆平同志倒不能看，想必陆平同志的问题比冯定同志严重，这也使我无法理解。"（见1965年3月18日市委办公厅编印《北京大学党员干部会议情况简报》第42期）

北大社教运动高潮迭起，工作队训练北大积极分子时明确说陆平已经烂了，是搞阴谋的走资产阶级道路的当权派。有一次哲学系助教、社教积极分子张恩慈、孙蓬一到工作队办公室，谈到有些问题一下子捅到"天上"（指校党委），坐在一旁的张磐石淡淡地说了一句："天也快塌了。"这句话让两位助教吓了一跳，因此得以留下深刻的印象。（见1965年10月29日《北大哲学系党员干部整风学习会议简报》第32期张恩慈发言）

社教工作队在各系展开了细致的动员调查工作，整理出大量有关陆平及校党委在北大队伍建设、教学方针等方面的反面材料，在整个偏左的大环境中很容易引发教职员工的共鸣和愤怒。哲学系后任总支书记聂元梓在一次全系积极分子大会上传达工作队副书记庞达的指示，历数陆平及校党委的罪状，动员大家上阵斗争陆平，她大声问敢不敢斗？害怕不害怕？得到与会者一致的应答声，可以想象场面情绪多么昂扬。

三

北大社教运动可谓一波三折，党内矛盾深重，涉及中央高层诸多的纠葛，每个拐点都是惊心动魄。冯定问题无形中成了上下勾联的节点，几方势力都要通过它来影响、操纵运动的走向，以此在形象上抹黑对方，赢得有利于己方的政治安全感。

早在1964年9月初，市委大学部通知北大党委将要揭露冯定的修正主义，9月13日北大党委会进行研究，9月18日向市委、中央宣传部写了《关于批判冯定同志的修正主义观点的请示报告》，表示这是一场严肃的马克思主义与修正主义的斗争，决心在中央、市委的领导下，尽力把这场斗争搞好。党委秘密组织一个班子，查阅了冯定1932年起所写的书籍、文章和报告稿（约百多万字），编写有关冯定错误论点的资料。

校党委汇报称，曾开过一次常委会，两次党委会，面对面地对冯定进行了批判，仅9月25日党委会上发言的就有15人。而社教工作队坚持认为，"学校党委只召开了一次常委会和半次党委会批判冯定问题，在党委会上只有少数委员发了言，就草草了事。从此一直没有继续再开会讨论批判这个问题。"

这里存有一个对于双方斗争极为重要的时间点：1964年9月中旬张磐石提出要攻王庆淑与校党委、陆平的关系，要用"集束手榴弹"

打乱校党委阵脚，要哲学系首先把火烧到陆平身上，为打倒陆平提供一颗颗子弹。而陆平此时借张启勋批判冯定的文章公开发表的时机，建议哲学系停止讨论王庆淑的问题而进行批判冯定，等过了国庆节，再针对王的问题专题辩论。对于这个明显的缓兵之计，张磐石当然不同意，他一口咬定说冯定问题中央还未作结论，非要把王庆淑的党内是非问题放在首要的地位。据陆平事后回忆："我们向磐石同志汇报后，磐石同志大发脾气，说批判冯定的问题不许插入。"（见1965年10月25日《北大哲学系党员干部整风学习会议简报》第21期）最让陆平恼火的是，工作队事后补发的简报反而说："工作队立即建议哲学系党总支把辩论暂时停下来，以便集中力量批判冯定。"伺机观察上层的反应，双方均在冯定问题上大抢话语权，互推责任，想在愈加残酷的政治运动中掌握主动，竭力使自己一方立于不败之地。

让陆平没想到的是，1964年11月初社教运动开始，斗争锋芒很快转向自己，冯定倒成了常委会上斗争自己的活跃人物。12月陆平与党委副书记戈华、彭佩云曾开小会研究，试图重新启动批判冯定。但几次约请工作队参与讨论，工作队几位领导说了不少托词，迟迟不愿前来。转年1月23日、24日，陆平、彭佩云在市委书记彭真的支持和授意下，突然在市委扩大会上对张磐石在北大社教运动中不批判冯定提出批评，一反几个月来的软弱和委靡，言辞变为激烈，令熟悉政治形势走向的与会者大为震惊。可以看出，陆平他们已是背水一战，在政治靠山的暗助下，拼此一搏，以此来扭转自己一方即将缴械的劣势。

张磐石对此颇为恼火，强势地给陆、彭扣上三条新罪名：否定运动成绩；阴谋挑拨工作队和市委的关系；多方限制和阻挠批判冯定。工作队简报上一下子给陆平扣上"大翻案、大进攻、大阴谋、大暴露、大孤立"的帽子。为了增强与陆、彭争论的程度，张磐石又要求把报告草稿改写成论战式，突出其间的火药味。

在冯定问题上，张磐石布置工作队中的秀才快手，匆忙赶印一期编号为66期的简报，大讲工作队如何抓了批判冯定的工作，攻击北大党委如何限制和阻挠全校特别是哲学系批判冯定。简报中甚至铺展说："陆平与冯定一唱一和，要整哲学系社教积极分子张恩慈。"找到的理由是冯定在一次常委会上"攻击"写反修文章的张恩慈时，陆平在会上不批评也不阻止冯的发言。从彭佩云的记录本上来看，当时常委们只是谈及外面奉命写作反修文章的张恩慈的情况，随意议论几句，冯定说张恩慈在民族宫写文章，暑假关锋同志休息了，他还在民族宫楼上休息不回来。陆平就说这次整风很重要，应该让他们调回来参加，受受教育，如果他们不回来参加，对他们也不好。另据阮铭提供的现场记录是，陆平当时插话说："这些人要好好整整，五反四清也不参加。"冯定接着说："他们现在在民族宫休养。"谢道渊说："要毁掉这些人。"陆平又说："尽搞自留地。"从两人提供的记录版本看，彭佩云版的陆平插话比较平和，阮铭版的陆平说话稍带有火气。不管怎样，这种会议讨论仅限工作性质，并无严重贬损之意。简报由此做了过度发挥，简报整理者后来也承认有"政治上纲"之嫌。

张磐石在中宣部当了多年的资深副部长，在陆定一的支持下，对中小学教育改革及教材的变革曾经注力甚多，但似乎一直未造成很大的社会层面的政治影响。到北大领导社教运动，他预感到其中蕴藏的政治空间适宜于自己发挥，因而有"想露一手"的想法。他自负地说过，多少人到北大来都没有发现问题，这次发现了问题，因此想在高教界搞个类似陈伯达所作"小站"典型的社教运动样板。但这份总结报告尚未写完，中央二十三条就公布了，中央高层决策方面的细微改变，一下子使北大社教经验显得不那么重要，瞬间就丧失了施加全国性影响的宝贵机会。而且北大社教的过激做法加大了中央高层的分歧和裂痕，一些领导人甚至对北大社教的狂澜有了负面的印象，担忧其扩大全国后的严重后果。

张磐石的失落和愤怒是显而易见的。2月初中央书记处决定改变北大社教的方向后，他按捺不住地写了一个发言稿，认为市委干部和陆平他们用尽了背后的手段，写了许多"卑鄙""无耻"的字眼儿和一些惊叹号。他对失望而愤懑的工作队下属说，我的气比你们还大呢。（见《1965年12月13日北大哲学系党员干部整风学习会议简报》第44期庞达发言）

有意思的是，面对张磐石的来势汹汹，陆平与北大党委几位接近的干部曾私下议论：为何张磐石来北大闹得这么厉害？他已位居中宣部副部长之职，难道还有什么所图？莫不成事成后想当有影响力的北大校长？

四

中央高层多条线索已牵扯在北大社教，施加了不同方向的压迫。此时康生突然插了一杠，责问张磐石为何在北大社教运动中不批判冯定？这让张磐石骤然紧张，敏锐地觉察到高层的躁动和异常。

哲学系助教李清昆当时在工作队简报组工作，他在事后会上回忆说："康老批评了张磐石同志以后，张磐石同志责怪我们简报组不报道哲学系批判冯定的情况，要我们赶快反映批判冯定的情况。还说下面反映校党委阻挠批判冯定，要我们把这个情况也写进去。"助教孙蓬一也谈道："一天晚上，庞达同志找我到专家招待所去，庞达同志说，人家说我们不批判冯定,我们写简报要说我们批判冯定。"(见1965年10月25日《北大哲学系党员干部整风学习会议简报》第20期)几个秀才连夜赶写简报,改得面目全非,几次写不下去,直到天明才勉强完稿。

身为张磐石副手的庞达在陆平翻盘后也不得不揭发说:"磐石同志不但不接受批评,却用简报的内容另外搞一个材料上报,来顶康生同志的批判。"

张磐石又突然决定一律停开全校原定的政治课内容,以后政治课只能专批冯定,想以此抢到斗争的制高点。邓小平得知后觉得不妥,批评张磐石这种"急就章"的做法,张又慌忙推卸责任。市委和陆平借此找到一个转机,向上指责他"极不老实"。

工作队决定利用政治课批判冯定,实属无奈的仓促之举。下决定时,张磐石颇为恼怒地指责下属,你们搞政治工作的,政治上一点不敏感,人家(指陆平、彭佩云)在批评你们不批判冯定,你们还不抓这个工作?但仅仅过了几天,受到邓小平的批评之后,张磐石只好在星期日一早电话通知马上停止政治课批判冯定。

聂元梓作为哲学系总支书记,此时还协助管理学校的理论教学工作,她不知如何向政治课教师解释,跑去问张磐石。想不到张说,谁叫你们批判的?聂说,是你说的。张说,我什么时候说的?他又说,谁要你们用那么多时间批判冯定?聂说,还不是你说的?他说,好了,好了,不要追究责任了。说完扭头就开会了。(以上均见1965年10月25日《北大哲学系党员干部整风学习会议简报》第18期)这一段小对话引自聂元梓的事后发言,聂说时还颇为生气。这可以看出冯定问题已成了棘手的难题,稍许处理不慎,就会引发大盘溃乱,张磐石内心的慌乱和不堪重负已是十分明显。

1965年初春,工作队与北大党委正围绕是否"四不清"的问题胶着之中,突然有一天中宣部通知北大党委,说准备在全国范围再批判冯定,让北大早做准备。陆平和校党委副书记戈华、彭佩云一起到《红旗》杂志社,找邓力群面谈求教。而社教工作队方面也感受到一种额外压力,不得不对冯定采取有意疏离的态度。在开十三陵学校党委扩大会议时,见势不好、心情不佳的冯定曾写信给陆平要求到外地休养。张磐石当即找冯定谈话,严厉批评了他,迫使冯要回了请假信。(见1965年3月12日《北京大学党员干部会议情况简报》第5期)

1965年3月"四清"运动峰回路转,陆平重新翻盘,张磐石节节败退,冯定的政治状态陷入停摆,落入一生中最无助、最凄迷的阶段之一,他的名著《平凡的真理》及人生观学说已到了"任人宰割"、"随意谩骂"的地步。陆平"起死回生"之后一再宣称,冯定问题,是北大最大的马克思主义与修正主义斗争的大是大非问题。党委中有人激烈指责冯定"浑水摸鱼",是他把北大及哲学系这一缸水搅得很深很混。还有人强调指出,冯定"利用大家对党内斗争缺乏经验的弱点,加深了党员对党委的怀疑、猜忌"。

北大党内辩论冯定问题经历数个月时间,校党委基本掌握了运动的主动权,但到了1965年8月整风学习会上,依旧有不少干部仍把冯定问题与陆平存在的问题一并述说,批评意味仍很浓烈,奇异的是这种批评还能被市委及校党委、陆平所容忍。这就见出冯定与陆平的问题有根深蒂固的来由,积累许久的党内怨气仍旧不能排解,派系纠纷也不能有效遏制,社教积极分子的不满情绪也没有找到排泄机会。市委大学部的初衷或许想通过这样对党委常委提意见的方式,在党内公开了大部分的发言内容,不偏不倚,对陆平和与之对立的干部各打五十大板,努力来缓解北大校内持续多年的干部矛盾。

下面选摘部分发言者的发言片段,可以看出其间的积怨、失望,乃至混乱的思想状况:

调整阶段,陆平同志对无产阶级思想与资产阶级思想斗争认识比较模糊,相当长一个时期在工作中没有很好地抓住阶级斗争这个纲。陆平同志长期未察觉冯定的问题,也说明阶级斗争观念有问题。(刘昆)(见1965年8月4日《北大党员干部整风学习会对学校党委常委的意见汇编》第2期)

冯定的问题,为什么长期发现不了?是说明常委思想革命不彻底,不认真。1959年教员检查自己写的文章、讲稿,冯定检查了没有?1960年三篇文章的学习,常委进行得如何?1960年检查教学,听说检查出了冯定一些问题,这是谁检查出来的,是党委还是下面的同志?1963年冯定又在党代会作反修报告,又在全校作反修学习总结,1964年政治教员整风会上冯定又作报告。事情过了不久,冯定的问题就揭发出来了,说明靠常委发现自己的问题是不容易的。(李志远、李佳彬,

冯定与夫人、孩子们在北大燕东园

见1965年8月5日《北大党员干部整风学习会对学校党委常委的意见汇编》第3期）

冯定到北大后工作一直是消极的，精神状态不好，对人很冷淡，学生对他讲课的反映不好。这种情况常委不是不知道，为什么不解决？这说明常委之间的批评是不开展的。（赵宝煦、高作民）（见1965年8月6日《北大党员干部整风学习会对学校党委常委的意见汇编》第4期）

在这段期间，经过几年间上下合力运作，官方文件、党刊党报、内部报告之间反复渲染，在北大党政干部的心目中冯定的反面形象基本已定型，已经被贴上了"死老虎"的标签。现在只不过在追究为什么没人早发现冯定问题？陆平及党委在其间该负什么责任？1965年8月，这股追责风波愈演愈烈，陆平和党委常委处置起来多少有些被动和难堪。

五

1965年2月17日，中央五人小组指示北大内部停止争论。3月中宣部改组了北大社教工作队领导班子，同为副部长的许立群接任张磐石的队长职务。中央书记处督促召开了北大干部社教大会，北京市委书记处书记、常务副市长万里作了主旨报告，变相推翻了张磐石及工作队以往的"社教战斗成就"。形势骤变，彻底翻盘，北大社教积极分子顿时陷入慌乱震骇、不知所措的境地中，在第一天下午听万里报告时不少人表示根本听不进去，很多地方想不通，有强烈的抵触情绪。哲学系几个党员围在一起不解地说："万里同志的报告不像话，能这样对待积极分子？"总支负责干部冯瑞芳愁闷之下，跑去工作队办公室询问，是否中央书记处对我们的情况了解不够？工作队中较受张磐石器重的年轻干部阮铭只能说："中央主要听了市委的反映，我们反映情况不及时。"

此时双方都明显感到斗争的"赛跑"紧迫性，谁喘息未定谁就有全军覆灭的可能。哲学系总支副书记、社教积极分子任宁芬说："当时的背景是第一次国际饭店会议开始后，工作队急于抓材料，提出我们这条线材料上去慢，市委的材料上去快，要赶紧抓材料给陆平、王庆淑画像。3月2日在临湖轩开会，布置了资料工作。"（见1965年10月29日《北大哲学系党员干部整风学习会议简报》第33期）着急的任宁芬还深夜写信给中央部门，认为北大社教运动成果有丧失、夭折的危险，希望中央出来拯救。信写完后，任宁芬又深感局面的无奈和复杂，未敢寄出，只好偷偷地把信稿烧掉。

向中央写信告状成了不少社教积极分子一时无奈之下的解救念头，希望能由此引来形势的转机。工作队副队长庞达对阮铭讲，不要阻拦写信，北大情况要通过各种渠道反映到上面去，中央办公厅专门有人研究北大的问题。

庞达、阮铭还专门琢磨了先前周培源给周恩来写信的内容，看出总理对北大工作是有意见的。他们设想，估计很多人会写信上去，写信能起作用，形势会有所转变。

原本观点就不统一的社教工作队内部已经吵成一团，从当时的记录看，他们逢事就争论，遇见政治性名词就转圈论说，无休止地陷入内争的旋涡。譬如在一次队部讨论中，针对中央书记处所提的"陆平同志是好人犯错误"的提法，阮铭加了两个字，说应该是"陆平同志是好人犯路线错误"。从上海来的常溪萍立即批评这个说法超出了中央所作结论的界限，阮铭自然不服，还举例论证陆平有托洛茨基观点。

副队长、教育部副部长刘仰峤当即提出反对，副队长庞达也接着说不对。大势所迫，工作队队部人心惶惶，政见不一的诸位队长各有各的悲欢情绪，不知社教运动该会以怎样的方式收场？

在国际饭店会议驻地房间里，情绪波动很大的聂元梓则告诉系里社教积极分子，说小组召集人会议开得很晚，交锋激烈，万里拍桌子发火，不得不拿"王牌"（指中央书记处对北大社教运动的指示）压人。

在随后的会议中，聂元梓的辩解发言还是围绕着冯定问题展开的，拿出具体事例来论证为什么社教运动中没有批判冯定？她说："批判冯定，调走冯定，也不能解决整个北大和各系的问题。"北大党委由此认为，聂元梓无非是说冯定问题不如陆平问题大，不如各系的问题大。（见1965年11月1日第36期《北大哲学系党员干部整风学习会议简报》）

聂元梓也在会上趁势做了一些检讨，譬如冯定在哲学系社教大会上揭发陆平包庇王庆淑，聂在他发言后就顺势称赞谈得好。聂元梓承认说："这是政治原则、政治界限的错误。"

批判冯定过程中几个重要的事情成了双方争议的焦点，各方都想在诉说各自的"真相"时有争辩也有退让，力争一时的胜负手，减轻对方施加的压迫感。譬如在《红旗》公开发表张启勋批判冯定的文章前一周，陆平找到聂元梓，秘密通知有关批判冯定的问题，但是陆平只许聂一人知道，不让聂告诉系内任何人，这使得聂无法与总支商量具体工作。但是陆平另外又悄悄地布置法律系总支找人准备批判文章，此时张恩慈又从《红旗》熟人处提前了解到批判的内幕消息，风声渐渐传出，在哲学系引发阵阵波动。社教积极分子认为陆平及党委此举是在有意隐瞒，故意不让冯定所在的哲学系参与批判，近乎"政治陷害行为"。1965年10月20日下午在讨论冯定问题时,聂元梓解释自己所知的事实后又为此检讨说:"在社教运动中,我受张磐石同志错误思想影响,我把陆平同志这样一些做法提高了,提成'政治陷害',是我把问题看重了。这与我对陆平同志有猜疑有关,这些错误我要继续检查。"(见1965年10月25日《北大哲学系党员干部整风学习会议简报》)

张启勋批判文章刊发后,让北大哲学系一贯自信、好强的教员感到很受伤,因为竟然被排在第一方队之外,对党委的事先安排自然充满愤怒:"北大哲学系的一些同志看到批判冯定的文章后,感到自己系落后了,有人说,这篇文章的发表就是对哲学系的批评。他们表示要急起直追,积极参加这一斗争,来保卫马列主义毛泽东思想。有的同志检查自己过去有过分迷信权威的思想,表示今后要向张启勋学习。"(见1964年10月4日市委大学部简报《北大、清华学校教师对于批判冯定〈共产主义人生观〉一文的反映》)

在批判冯定的问题上,年轻教员为自己的落伍而焦急,而年老的教授们却陷入惊讶和不解之中。哲学系主任郑昕说:"没有想到问题这么严重,简直就是赫鲁晓夫主义。"冯友兰说:"张启勋的批评很对,我觉得要写反批评的文章很难写,要为冯定辩护也很难。"美学教授宗白华说:"冯定宣扬的是功利主义的人生观。"黄子通教授问:"冯定的错误是永久性的,还是暂时性的?他是一时的认识糊涂,还是有意宣扬修正主义观点?"冯友兰也提了一个疑问:"有一点很难理解,像这些糊涂思想,早在1952年、1953年或者1954年,也许大家都有一点。拿我自己来说,当时也有一点。但从《列宁主义万岁》一文发表后,大家都在学习怎样批判现代修正主义,而且都在提高。冯定同志学习的机会比我们多得多,为什么没有感到自己写的书中的观点和赫鲁晓夫的一样,他好像对这几年的反修学习熟视无睹。"(见1964年10月29日市委大学部简报第56期《北大哲学系老教师对〈评冯定的共产主义人生观〉一文的反映》)

"卖报事件"也构成了双方讲不清楚的一个难题:1964年9月张启勋批判冯定《共产主义人生观》的文章在《红旗》等报刊刊出后,北大师生得悉后大为震动,纷纷赶到校内小邮局购买当日报纸一睹为快。据市委大学部简报第45期刊载,有人买到报纸后说:"不得了,不得了,学校出了大事,党委副书记受了批判……"北大、人大图书馆剩下的冯定著作在当天上午即被抢借一空。因一时人多,邮局就在屋外空地上支摊零售,人声鼎沸。不一会儿,校党委办公室主任魏自强打来电话阻止,说党委意见在外面卖报纸不好,如给冯定看到了,是不是认为党委要有组织地整他?魏自强要求卖报组迅速把报摊收回屋里。北大党委因怕冯定提意见,而取消屋外卖报,确实是出乎意料之举,看出麻烦缠身的陆平已是万分谨慎,生怕哪步棋走得不对而惹来横祸。结果,因屋子窄小,周转不开,越聚越多的学生在屋外排起长队购报,秩序大乱,高声嚷嚷。这件事被聂元梓她们说成"陆平叫老魏派人把大饭厅门前卖报的人轰走",是陆平阻止群众批判冯定的罪状之一。

类似提前布置写批判文章、卖报这样的事件,在北大社教运动后期演变成了咀嚼不清、越争辩越混浊的口水仗。细翻当年厚厚一叠的会议简报,充斥大量带有固执偏见、私人恩怨的政治术语东西,再加上欲置人于死地的决战意味,实际上是极为劣质、说尽空话、伤人到底的斗争游戏言语,四十多年后像我们这样无关系的后人读起来都感到十足的苦恼、无味。

六

如果我们再细致地翻阅当年会议简报,还可以梳理出一连串有意思的细节。除了决定性的毁灭主色块外,还能看出时代车轮辗轧下世态人心的一些冷暖痕迹,感受到众人刹那间心悸、犹豫、怜悯的复杂情绪,看出党内斗争极为残酷、令人窒息的典型性图景。

中央高层一开始对于如何批判冯定也是摇摆不定,曾经多次表示要慎重,不要戴修正主义帽子,提问题的口径以《红旗》文章提的为准,是什么错误观点就批什么观点。有的高层人物发出的指示也是模棱两可:批冯定,要惩前毖后,治病救人,不要扣修正主义者的帽子,可以具体地批判其修正主义观点,面对面斗争有限制,不能随便搞人家。这些软硬度不一的中央领导指示,给北大展开大批判增加诸多的变数,双方都可利用其大做文章。

在公开批判冯定前,陆平心里也是有些犯难,多少动了恻隐之心。1964年9月初他特意向哲学系总支冯瑞芳了解冯定教学中的问题,并拿出冯定所著的《共产主义人生观》一书,问冯瑞芳对"正义的冲动"怎么看。哲学系党内决定召开面对面批判冯定的会议,陆平打算先找冯定谈一谈,但他几次难于开口。他对哲学系总支书记聂元梓说:"算了,冯定要哭了,别让他参加了,你们自己开吧。"这也视为陆平大战前的一次"软弱"表现。

相反,在冯定已转而支持社教工作队之后,张磐石出于自保和稳妥,对于冯定还是持相当严苛的态度,甚至也秘密派人调来冯定的讲课记录本,看看是否存有思想问题。1964年10月5日,张磐石拿到《文汇报》记者采访的内部材料,发现冯定的言论有些不当,立即写了批语:"阮铭同志,冯定如此胡说乱道,请告陆平同志并告哲学系批驳他。"他同意将这个材料印发党委委员，并要求哲学系了解冯定的思想情况，好批判他的态度，但不要把这个材料上冯定的原话拿出来斗他。

奇妙的是，双方一涉及冯定问题就容易短兵相接，置换速度很快，有时斗争标准还含糊不确。譬如在北大十三陵会议上，聂元梓批评冯定对工作不负责任，精神状态上有些问题，政治上蜕化。陆平看了发言简报的草稿后发了脾气，认为轻易批评了书记，希望简报登载对领导同志的批评，要核对。回学校后，一次张磐石问聂元梓简报出了没有？聂说没有收到。他说党委不出，我们给你出，还不是因为批评了冯定几句？（见1965年10月25日《北大哲学系党员干部整风学习会议简报》第18期聂元梓发言）

为了批判应急之需，哲学系总支焦虑之中，曾派人到校党委办公室索取冯定在学校的有关报告记录。党委副书记彭佩云、党办主任魏自强得知后批评说，"你们在组织原则掌握上不合适，连党委书记的材料也来要，不懂事"。校党委以此把住了关键的文件证据，不容许材料随意流失，就是不让哲学系社教积极分子掌握批判冯定的主动权。

1965年3月市委召开的国际饭店会议后，张磐石实际上已不获信任，原本坚决支持他的陆定一部长此时已不再发声。但他心有不甘，回北大后嘴上仍坚持说："部里只是要我对北大社教运动写个总结，不要受国际饭店会议干扰，现在不要上当。"3月16日中宣部常务副部长张子意见张磐石没有检查之意，就当面问他对这个问题上有没有个人患得患失思想。

由于张磐石的不配合，张子意只好亲自出面召集工作队党委书记开会，开门见山地讲了两点："要设身处地地为陆平同志想一想，过去我们把他整过火了，他现在处境艰难，我请求同志们做工作队和积极分子的工作，说服他们，使陆平同志能够下楼，使人家第一书记能够当下去。"张子意还特别指出在运动中注意严肃对待冯定的错误。（见1965年10月28日《北大哲学系党员干部整风学习会议简报》第27期唐联杰发言）张磐石同志听后心灰意冷，态度冷淡，只是说回去研究研究。

据王庆淑1965年10月30日下午大会上揭发，情绪失控的聂元梓曾经很大声地对她说，党内没有什么好人，不是你整我，就是我整你，钩心斗角。自己长期以来总是受压抑，处在比自己弱的人手下工作，还要装得比别人弱才能相处。（见1965年11月2日《北大哲学系党员干部整风学习会议简报》第39期王庆淑发言）这两位哲学系总支前后任女书记个性都颇为强势，历经这么大一场风波，角色翻转之快，情绪变换之多，确实经历了难以想象的残酷的心灵磨砺过程。王庆淑没有掩饰地在会上表示，她当时听完聂元梓的话后颇感震惊，一时犹豫，怕是聂激动中失言，因而没有及时向组织汇报。

在陆平大获全胜之后，1965年10月30日王庆淑在哲学系党内会议上作了一个小结性的发言，内中称："聂元梓对冯定的错误言行采取了肯定和鼓励的态度，利用冯定斗争陆平同志和我，在党员群众中模糊了修正主义分子的政治面目。张磐石同志在社教运动中不批判冯定，在中央提出批评后，反过来歪曲事实，颠倒是非，一方面掩饰自己的错误，一方面给陆平同志扣上一个破坏和阻拦批判冯定的大帽子。"至此张磐石、冯定等全部告败，此种定论一直延伸到"文革"爆发，随着聂元梓等七人"第一张马克思主义大字报"横空出世，陆平、王庆淑一方又落入万劫不复的境遇中。

七

让我们再回过头来看看冯定这一段凄凉、无助的情况,作为双方相互使用、抛掷的棋子,他无法左右自己的走势,只能眼睁睁地钻到人生的死胡同中。

1964年9月下旬,北大党委开会讨论《红旗》杂志对冯定的批判文章之事,当事人冯定到会发言,他说:"对这次批判我是有精神准备的,反修以后,我自己也知道过去写的书是匆匆忙忙临时应付,有许多不对头的地方。不过自己有自由主义,觉得书出版了也就算了。""我一共写了五本书,另外两本书《红旗》杂志按语中没有举,可能也有问题,问题最多的恐怕是《共产主义人生观》。反修以后,我没有清理这些书,没有做消毒工作,也没有向党委报告,这是错上加错。我的错误是政治性错误,很明显是受了苏共二十大的影响。"

10月15日,冯定已写了一篇类似思想检查的文章,题目为《从头学起——我的思想清理和检查》,送交北大党委和《红旗》杂志社,企求能够发表。他根据张启勋文章的立意,给自己上纲上线,全面检讨、狠批自己文章中的错误:

> 在国内方面,片面强调建设而不强调革命,片面强调经济而不强调政治,片面强调生产而不强调思想改造;在国际方面,片面强调社会主义国家和帝国主义国家之间的外交关系,而不强调支援资本主义国家工人阶级的革命和殖民地半殖民地国家的民族解放斗争;片面强调和平外交,而不强调用革命的两手去对付帝国主义的反革命两手;片面强调世界大战可以避免,而不强调帝国主义的本性不改,等等。
>
> ……当斯大林死后不久,苏联理论界大谈其反对个人迷信

的时候，我毫未察觉这是赫修的最大阴谋。我就认为个人的作用总是不能和群众的作用相比，个人迷信总是不好的。

我觉得像斯大林这样有些缺点的领袖固然需要群众，就是最完善的领袖也需要群众。这样，我在个人、群众、领袖的关系问题上，就出现了似是而非的糊涂观念。在《共产主义人生观》中就只强调领袖不能脱离开群众一面，说领袖离开了群众就会寸步难行，一筹莫展。如果还要一意孤行，结果不是经常碰壁，便是永远垮台等等的话。没有分析、区别各种不同的领袖，对好的领袖应该爱护，只说了简单的几句话，片面从不应神化大做文章。忽视了人民领袖的革命意志对每个人的指导意义和服从人民领袖的必要性。

批判浪潮来势凶猛，冯定从多年的党内生活经验判断，觉察到自己首先在"领袖和个人之间的关系"问题上犯了大忌，因而在这个问题上只好加重检讨的分量："中国并无个人迷信问题，自己就没有想想究竟是写给中国青年阅读还是给苏联青年阅读的吧，这种脱离中国实际的教条式的理论，结果就不能不犯最严重的政治错误。"

其次，他意识到自己所表述的人生观中带有高层所不喜的东西，尺寸把握不严，主调过于柔软，不具备时代刚性的原则。他检查道："世界观方面最根本的错误，是往往站在个人主义的立场去反对个人主义，至少是对个人主义让了步，再去反对个人主义。我总是强调，当社会尚未到达共产主义而物资生活尚未非常充裕时，个人主义的出现终是难免的，这就降低了反对个人主义的斗争。"

在党内哲学家中，冯定的斗争色彩相对较淡薄，总是呈现一种包容、宽厚的形态，他的哲学著作多是娓娓而谈，少见怒吼般的批判语气。这样的温和东西放在平常日子自然受到社会欢迎，但一旦形势激进,就容易为激烈的阶级斗争氛围所不容,无法成为高层所必需的思想武器。他在检查中写道:"我对于旧唯物主义,往往多从继承着眼,而少从批判着眼,这就助长了我在世界观中的错误以致政治错误。我在谈哲学时,总爱从自然现象的发展谈起,然后再谈社会,再谈阶级;或者是先谈物质第一性,意识第二性,再谈可知论,再谈三条辩证规律……因为常从物质、生物、动物讲起,就常爱谈生理和心理的关系,爱谈生理基础和社会现象、阶级现象的关系。这样谈法减弱阶级和阶级分析,容易脱离实际。"(以上见1964年4月冯定检查原稿《从头学起——我的思想清理和检查》)

冯定慢慢地置身在被告席上,漂流在湍急的旋涡中而不可自拔。直到1965年3月,他背着修正主义的帽子而成为全国闻名的黑典型,但没被撤去副书记的职务,只要没人阻拦,仍旧坚持参加北大党委常委各种会议,大多时间不发言。北大党委于1965年3月29日向市委大学部请示:"根据我校'四清'运动和工作情况,我们感到有些会议不便让冯定全部参加。我们意见,讨论有关学校'四清'运动问题的有些会议,以及经常工作中涉及重要机密问题的会议,拟不通知其参加。讨论一般工作问题的会议仍可参加。"报到市里,市委的尺度更加严厉,市委文教书记邓拓在4月15日用红笔批道:"我意从现在起基本上不要让冯定参加党委会议,但暂不做任何正式决定,就是不通知他开会。将来党委改选时不再选他。此事我与许立群同志(按:时任中宣部副部长、北大社教工作队队长)谈过,他同意这样办。"邓拓又附加道:"所说一般工作问题的会议不好掌握,应该明确:他只能参加普通群众性的会议。"(见1965年3月29日北大党委致市委大学部信函)这样无形中就剥夺了冯定的党委职权,降至为一般党员的待遇,从政治生活中背负恶名逐渐地消失。

1965年初秋，面临新的一届全国政协大会召开，北大党委致函市委、高教部党组，建议不再安排第三届政协委员冯定参加会议，改由49岁的北大自然科学处处长、生物学系教授张龙翔担任政协委员。（见1965年9月30日北大党委致市委、高教部党组报告）北大党委过于焦急，这样替换是不符合政协章程的。市委大学部副部长宋硕作了这样的回复："现在不撤（冯定），将来政协重新安排时不再安排。"

北大要求撤换冯定政协委员职务的报告中，又罗列了冯定的一大堆罪名，其中主要几条为：宣扬和平共处、和平竞赛、和平过渡路线，反对所谓"个人崇拜"，诬蔑劳动人民对无产阶级领袖，对毛主席的拥戴和敬爱中"不能不带有盲目的个人崇拜的成分和形式"；否认社会主义社会存在阶级和阶级斗争，宣扬"全民国家""全民党"谬论；在共产主义人生观的幌子下，贩卖资产阶级的处世哲学和个人名利思想；他的哲学观点是主观唯心主义的大杂烩，用矛盾调和、庸俗化、进化论代替革命的辩证法，等等。对于冯定在北大几年工作情况，做了非常负面的评述："他长期不积极负责，生活上养尊处优，很少接触实际，联系群众，精神很不振作，在教学中经常散布严重错误观点。"

实际上在"文革"爆发前期，冯定已基本落入败局，声誉扫地。在社教斗争的格局里，他身不由己，身心交瘁，已经化为奇异的筹码，变成诡秘的棋子和置人于死地的法器。这是哲学家自己万万想不到的，他研究了一辈子做人的道理，却在此时切实感受到做"棋子"的痛楚。

后 记

自己第一本书《人有病，天知否》出版于2000年10月，相隔12年才有这第二本《故国人民有所思》，其中固然有工作忙乱、家务事相扰、身体不佳等原因，但应该检讨的是自己的懒怠和拖延的毛病。2011年2月母亲不幸病逝后，很长时间没有缓解过来，我慢慢地意识到，只有通过码字才能来排遣心中的苦痛感。

此时要特别感谢好友老费、李静夫妇，他们编辑的人文性质内刊《中堂闲话》在京城学人中享誉很高，他们希望我开辟一个"五六十年代老教授在思想改造运动中的故事系列"栏目，促使我着手整理以往抄录的材料，用了近一年时间陆续写出这一组文章。没有他们热情的催促和勉励，没有出色的《中堂闲话》，可能就难有这本书稿的成形。

这组文章在《中堂闲话》刊发时大都为四五千字篇幅，我又陆续扩写至七八千字，先后承蒙《炎黄春秋》、《读书》、《南方都市报》、《同舟共进》、《随笔》、《书城》、《悦读》等报刊的厚爱，得以刊用。这次借三联书店郑勇、唐明星、罗少强诸位的美意，我又逐篇重新扩写，一些篇目达到一万五千字左右，添补了许多史料，看上去在史料形态上更加饱满一些，写作的空间更舒展一些。

依《人有病，天知否》取书名之例，这次是用了毛泽东1966年在"文革"初起时所写的《七律·有所思》中的最后一句:"故国人民有所思。"当初刚看到这首词,就不由为结尾这句所震动,喜欢这七个字构成的语意,留下至深的印象。

我尊敬的老师邵燕祥先生年近八十,前几年做过很大的心脏手术,身体一直在恢复之中。我心中特别希望邵先生能为这本拙著写一个序言,踌躇许久,我跟邵先生表达这一心愿,并再三说只要四五百字即可。我把书稿的电子修改版传给邵先生,没想到十几天后即收到邵先生长达八千字的序言,我拜读后大为震惊和不安,心存的那份谢意永远无法全部述说出来,只有今后努力写作,才能回报老先生深切的期望和提携。

邵先生的长序在理论上高屋建瓴,帮助我梳理了那个年代繁杂多变的思想轨迹,深刻分析那一批高级知识分子微妙而又艰难的心灵蜕变过程,很多论述都是我没有充分意识到的或不太明白的。读者朋友细读邵先生的序言,当有助于了解过去岁月中荒唐、可怕、压抑的时代气氛,体会到这一批高级教授苦涩、痛楚、复杂的隐秘心境。

这次写作我是完全贴着材料写的,尽力还原当年的原生态,更多展示不为人所知的第一手素材,努力使这本书稿保持和呈现严谨、真实的"史料性风格"。但由于个人学识的严重不足,在把握时代的能力、对人物理解的方面有很大欠缺,书稿中的错误在所难免,恳求朋友们便中多多指教,在此先谢过。

我要感谢蓝英年、朱正、王得后、王学泰、章诒和、陈四益等老前辈的多年督促,感谢所有帮助过我、批评过我的友人和家人,感谢我所服务的《北京青年报》诸位领导和同事的帮助和支持。谢谢三联书店朋友们的厚爱和辛劳,能在三联出书是我这个小书生的大荣幸。我从本质上确是一个懒惰之人,曾有各种理由来拖延写作,任凭时间无情地流逝过去。也希望自己今后能振奋起来，争取能多写一批东西出来。

感谢北京市档案馆利用处的朋友们，十多年来承蒙你们的细心关照，使我慌乱无序的心境能够静静地安顿下来，真正使我在史料研究上有所依托。这么多年，我感受到你们的工作积极热情，看到你们一一恋爱、成家、生子，伴随你们走过人生最美妙的重要阶段，有这么一种亲近、一种关爱，这对于我这么一个不争气的史料收集者来说是弥足珍贵的。从心底说一句：谢谢这么多年的挚手相助，祝福你们每一位！

最后要特别谢谢我所供职的《北京青年报》的原副刊团队，你们的包容和宽厚让我在业余时间史料收集、写作上有所进步，在家中最困难的时候，是你们伸出的援手让我感到温馨和依仗，请原谅以往日子里我做得不对地方、不够地方。随着报社的改革，这个团队已于2012年6月初被拆分，大家分散在各个部门。我觉得，这个团队所编辑的版面可能不尽理想（尤其是我自己），大家内部也认为没有达到预想的目标，但整个部门工作状态中所流露出来的气质是让我们深深感念的，我们每个人或许将记取其中的难忘片断放在记忆深处，作为我们这一生中最有价值的印记之一。作为人生的特殊纪念，作为我个人的真挚谢意，依办公室从左到右的排序，将团队的名单一一写下：陈新、尚晓岚、刘春、谢燕辰、谭璐、陈国华、支丽荣大姐、郭小景、刘江华、郑淑华、刘晓春、安顿、魏世平、赵国明、颜菁、刘净植，还有部务谭姐。

大学同班同学朱守道兄年轻时就在书法界崭露头角，声名远扬。此次两本拙著在三联书店出版，邀请他题写书名，一直是我心中暗藏许久的愿望。承蒙他不弃，在百忙中挥毫赐予，使拙著生辉，感受到同学老大哥的厚爱和鼓励，真挚地说一声"谢谢"！

人生就像一场细腻的梦，谢谢我们这些曾经努力过而天生伤感的追梦人。我曾设想过，假如时光倒流，我们这群人放置在这本书中的时代环境中，我们又能表现得怎么样呢？历史是无法假设的，唯有可取的是我们这一代人的携手合作精神和期盼国家进步的拳拳之心。

作 者

2012年6月30日晨写于开阳桥